U0612784

心里满了，就从口中溢出

唐人变形记

叶行一 著

南方传媒
广东人民出版社
·广州·

目 录

仙娘的鼻子

一

长安东市的商人王布，是个中等个子，长相看着倒也没什么特别，唯一让人感到不协调的地方，是他那只塌鼻子。王布的鼻子又扁又大，鼻孔朝天，鼻子上又满是密密麻麻的小疙瘩，好像是揉好的面团掉在地上沾满灰土，就这样恶作剧似的摊在面孔中间。这种鼻形长在男人脸上已经有碍观瞻，偏偏女儿仙娘又遗传了这点。王布的妻子模样算是周正，只是牙齿有些龅，仙娘又尽捡着夫妻俩的缺点长，糟糕的鼻子加上龅牙，再怎么长也拼不出一个好看的脸蛋来。

等到了适婚的年纪，王布就开始头疼仙娘的婚事了，尽管王布是个商人，非常地富有，却一直物色不到合适的人选。

"哦，那个王布家的女儿啊，不行不行，实在太难看了！"

"就算是再有钱我也不愿意，谁受得了天天对着一个丑八怪呢？"

那些了解仙娘的人，背后毫无顾忌地说着刻薄话，好像他们自己个个都貌若潘安。有好几次，王布夫妇托人给仙娘说媒，但人家一听说是仙娘，都找各种理由立刻回绝了。王布夫妇也曾相中一个外地来长安的书生，这书生相貌清秀，斯斯文文，正愁着长安居不易呢，竟然碰上本地富商要招他为金龟婿这种好事，以为是撞上什么大运，可一见到仙娘，吓得拔腿就跑，打死也不愿意了。

仙娘这样被人议论和羞辱着，让王布一家都苦不堪言。可是非常不幸，本来仙娘已经够不好看了，老天仍然没有收起恶作剧的心。一天晚上，仙娘不知道为什么做了一夜的噩梦，睡梦中总觉得有个什么东西一直往鼻孔里钻，早上醒来竟然发现两只鼻孔下各长出一块息肉，息肉根部有血管伸至鼻孔里面，息肉挂在鼻孔下面，一开始只有蚕豆大小，后来越长越大，不到一个月已经长成一寸多长，碧绿如玉，形状如同皂荚，只要轻轻一晃动身子，息肉就在鼻孔下擦着龅牙摇摆，像是拖着两大坨浓鼻涕，又像是一对别致的首饰戴错了地方。

屋漏偏遭连夜雨，一夜之间，原本就不好看的仙娘，又更是雪上加霜了。

仙娘拖着两坨息肉，不仅给精神上带来折磨，连给生活也带来巨大的麻烦。首先，说话的声音发生了变化，那两坨息肉好像带着扩音的效果一样，让仙娘发出的声音不仅带有浓浓的鼻音，而且异常洪亮，一开口像是驴叫。王布夫妻俩已经不敢挨近仙娘说话，要隔着十几步远才能交谈，要不然仙娘一开口，就震得两个人脑袋嗡嗡响，很容易犯起耳鸣。

还有吃饭喝水这种平常事也成了问题，因为息肉就挡在嘴巴前面，必须要用一只手先把息肉向上撩起来，才能把食物和水送到嘴里，所以每次吃喝都显得十分滑稽。有一回，仙娘在花园里赏花，她刚想凑到一朵牡丹前闻一闻花香，鼻子未到，息肉已经伸到花蕊，不想被蜜蜂给蜇了一口。被蜜蜂蜇过的息肉又大又重，吊在鼻孔下害得仙娘的腰都直不起来，只能躺在床上仰着头一动也不敢动，同时呼吸也变得艰难，靠嘴巴喘了半个月的气。

"长成这样，这辈子恐怕也嫁不出去咯。"

"一定是受到上天的惩罚，谁知道是做了什么坏事呢？"

仙娘鼻子的事在长安城一传开，那些刻薄的人嘴里又多了许多谈资，坊间流传着各种各样的闲言碎语，尤其那些嫉妒王布钱财的闲人和无赖，更是添油加醋地揶揄、诽谤，这些闲话又零零碎碎地传到了仙娘的耳朵里，让仙娘简直不想活了，她恨死了这两坨息肉，做梦都想着让它们消失。

二

为什么王布唯一的女儿却生成这副模样，真是匪夷所思啊。

王布夫妇俩发誓一定要治好这个奇怪的息肉，他们不惜重金，将各地的名医源源不断地请到王家为仙娘会诊。名医诊断出的病因五花八门，什么吃了不洁的东西啦，身体里进了某种毒虫啦，五脏六腑里某个部位出现问题啦，甚至是夜里睡觉的姿势不好啦，等等。每个人都拿出各式各样的祖传秘方，打算药到病除，可终究治不出个所以然来，只是把这一家人折腾得筋疲力尽。

正当一家人一筹莫展之际，王布的一个老朋友又介绍一位从西域来的神医，据说医术高明，一辈子治好的疑难杂症数不胜数。王布急忙把神医请到家中，这位神医长着一脸卷曲的灰色胡子，消瘦的脸庞上却有着一个凸起的大额头，他目光深邃，说起话来有一股威严感，一副高深莫测的样子。

看着医生的模样，王布夫妇心里已经迷信地踏实了几分，只期待其能早点妙手回春。西域医生先为仙娘把脉，又用竹片托起息肉仔细瞧了瞧，随后就从布袋里取出一小罐白色的粉末，倒出一点到手中，轻轻地吹到仙娘的鼻子里，过了一会儿，鼻孔开始流黄水，怎么擦也擦不完。

"过了今晚，再看令爱的息肉会不会消失！"神医说。

到了晚上，仙娘就开始不停地打喷嚏。那喷嚏声实在太大了，又像是连珠炮一样一个接着一个，大家开始以为是打雷，后来以为是哪里放炮，挨得近的房子震得摇摇晃晃，坊间的狗一直在惊慌失措中此起彼伏地狂吠，好几个心脏不好的老太太当场倒地口吐白沫。那一整夜，害得王布家方圆几里的人都睡不成觉，在各种猜测中提心吊胆，感觉要大难临头。

西域神医的方法是用药物刺激仙娘的鼻腔，希望能把息肉喷出来，可是非常遗憾，尽管仙娘打了一夜的喷嚏，除了把周围的邻居震得分不清爹妈，息肉依然还挂在鼻孔下面。不过也不能说医生的药一点作用也没有，经过这样一晚上，那两坨息肉明显起了变化，好像吹糖人似的，从皂荚模样变成更大的球状，从浓鼻涕变成大鼻涕泡——在光亮处看，大鼻涕泡稀薄如纸，都能看清纹理。

这个西域神医似乎对这个结果并不满意，又取出一小罐黑色粉末。

"这息肉倒是顽强，不过请放心，我一定会治好，"他笃定地说，"只要再加一味这种药，连续使用十天，不愁息肉不出来！"

可是仙娘打了一夜的喷嚏，已经累得精神恍惚，西域神医刚把粉末拿到仙娘的鼻孔前，仙娘就两眼翻白，晕了过去。

"小女实在是受不起折腾了，神医，要不就此住手吧。"王布夫妻俩哪里还忍心女儿如此受罪，急着制止这个胜券在握的医生。

"那就要功亏一篑呀。"西域神医惋惜地说。

"可是，这样一直下去，恐怕会出人命的！"

"这个……"

三

不过话又说回来，有这样两坨息肉，也并非全是坏事，祸兮福所倚嘛。

在穷尽了一切办法都没有治好的希望，又经受很长时间的煎熬后，仙娘慢慢地接受了这两坨息肉，或者说，是不得已才接受，认定这辈子在容颜上只能这样了。可日子总要继续，总不能每天都愁眉苦脸地活着，王布夫妇也对她更加宠爱，希望能弥补伤害。在这样的环境下，仙娘逐渐心情好了起来，尽量和它们平安相处。

　　仙娘本来有着活泼的性格，最爱的事就是唱歌，之前因为息肉的苦恼，让她在人前变得小心翼翼，尽量不发出任何声音以防被人关注。当注意力不再总集中在自己的鼻子上以后，在某个深夜，她又唱起歌来。

　　我们说过，因为息肉的缘故，仙娘说话的嗓门如同驴叫，打喷嚏能让人耳鸣，可唱歌却有了意想不到的效果。开始她是小声地哼哼，后来越唱越动情，竟然忘记了自己的声音远远地高于常人。可能是唱歌也发泄了长久的压抑吧，她进入了自己营造出来的情绪里，完全忘记了周遭。

　　她的歌声带着浓浓的鼻音，真是太美妙了，甚至说有一些诡异，那两坨息肉像是集合了许多乐器为她的歌声伴奏，在仙娘呼吸之间能像埙一样呜咽，在停顿时候又恰如其分地发出鼓点的声音，在某些拉长的乐句中又能模拟出风声，还能听见箫、笛、笙、筚篥……这么多乐器的声音融汇在一起却不显得乱，真的是在仙娘一吐一纳中自然而然地响起，简直像一支乐队藏在鼻子里，一切是那么完美和谐，只有仙乐才能形容。

　　仙娘洪亮的嗓门把歌声送到极远处，把长安的人从半夜里唤醒，他们并不知道歌声来自哪里，纷纷打开窗望向黑夜，侧耳倾听着，仿佛感觉有种神秘的力量让身体颤抖，让灵魂出窍，于是有人忍不住哭泣，有人跪下来祈祷。

从那晚以后，对仙娘歌声的议论代替了对鼻子的议论，人们期待着仙娘再展歌喉，可是突然引起这么大的轰动，让她感觉非常害羞，不管大家如何期盼，她始终没有再开过口。直到有一天，一个从波斯来的商人来到王布的家里，这个人是王布的长期合作者，两人谈完了生意，波斯人向王布提了个要求。

波斯人说："虽然非常地冒昧，但在下还是有一个不情之请，听说令爱唱歌非常动听，仿佛是仙乐，不知道有没有耳福听令爱歌唱一曲？"

王布有些为难，说："可是小女因为这个病，不敢再见外人，恐怕……"

"没有关系，如果令爱觉得唐突，我们可以不见面，只需要远远地听一曲就可以了，实在是拜托了。"这个波斯商人非常诚恳地说。

在波斯人的一再请求下，王布只好去和仙娘商量，并且告知这是一个非常重要的合作者，希望仙娘能满足波斯人的请求。于是仙娘就站在闺房里，把房门打开，站在门口唱了一首曲子。

仙娘一开口，瞬间就把波斯人震撼住了。他感觉有一股强大的气流在耳边旋转，气流从双耳钻进五脏六腑，随着仙娘声音的高低起伏在身体里搅动，仿佛脑袋和身体反反复复地增大和缩小；一种膨胀又紧缩的快感从头颅流到脚趾，蔓延到身体的各个部位，让他不能动也不能发出声音，只能张嘴瞪眼保持呆如木鸡的状态，直到歌声结束，过了很久才恢复过来，大口大口地喘气。

"真好听啊！"波斯人说。

连着好几天，波斯人都停留在酒后微醺的状态，眼神迷离，走路摇晃，饭也忘记吃，水也忘记喝，做什么事都精神恍惚，像是魂魄始终围着身体游离而没有完全归位一样。

"真是终生难忘啊！"

过了很多年，每当波斯人回忆那次听到的歌声，仍然由衷地感叹。

四

有一天夜里，仙娘躺下以后怎么也睡不着，夜深人静，静得能听见自己的呼吸声，感觉到那两坨息肉也随着呼吸在伸缩，像是趴在鼻子下面的两个小生命。仙娘不禁又陷入深深的伤心中。她想不明白，为什么会有这样的无妄之灾，到底是做错了什么，老天爷才会这样惩罚自己。

到底是为什么啊？仙娘翻来覆去了一夜，越想就越难以入睡，悲伤堵在了胸口，让人喘不过气来。她又想唱歌了，她要释放，于是干脆爬起来走到窗前，酝酿了一会儿情绪，就开始放声歌唱。

此时天已经蒙蒙亮，长安城开始了新的一天，胡饼铺子的夫妻俩在睡眼惺忪地和面，小贩们挑着新鲜的蔬菜已经进城，打更的和巡逻的差人打着哈欠往家里赶，仙娘的歌声一响，石破天惊一般，让所有人都怔住了。

先是这些早起和晚归的人循着声音往仙娘家走，接着街道里的人越聚越多，像是被魔力召唤，只知道仰头张嘴，任凭脚步不由自主地移动。天更亮了，没过多久，就有成百上千的人从四面八方赶来，把通往仙娘家的大街小巷围得水泄不通，那些挤不进去的，有的爬上了树，有的架着梯子坐上墙头，有的趁别人家的店铺刚刚开门就径直冲进去上了楼，要登高占据一个好位置。尽管在几里路外依然能听到歌声，可大家偏偏要往一处挤，那个盛况，恐怕只有元宵的灯会才能比。所有的人大气也不敢出一声，连狗都竖着耳朵，生怕错过一个音符。

终于仙娘唱完了，可是聚集在王布家外的人仍然鸦雀无声，像静止了一样。大家不知道是被这歌声给震撼得说不出话来，还是在等待仙娘再一次开口。过了很久很久，人群中终于有个听众忍不住喊了一嗓子："仙娘，再唱一首吧！"

自从仙娘唱歌的事被传出以后，对歌声的赞美远远地高过对她鼻子的议论，以至于后来又有人说，仙娘不仅唱歌如仙乐，其实真人长得也像仙女，毕竟听到歌声的人远远比见到本人的多。意见不同的人往往要争论得面红耳赤，甚至大打出手。人群中这人一喊，其他人也跟着喊再唱一首，众人的声音联合起来，也有仙娘唱歌一样的效果，传到几里路外。仙娘不知道外面发生什么事，推开了窗想看个究竟。窗户一打开，哎呀，可把所有人给吓坏了。

"妖怪啊——！"

站在窗下的人首先看到仙娘那张丑陋的脸，吓得立刻拔腿就跑。人浪像是被狂风胡乱地吹动，后面的推搡前面，中间的挤向两边，一层一层地往外掀，而那些站在外围的人不知道发生了什么，像礁石一样傻傻地挡着汹涌的人浪。不过很快这些礁石也被传染成浪花，又往更外围涌动，有的人脚在地上跑，眼睛被不知谁的胳膊挡住看不清方向，有的人脚不沾地，却被拥挤的人群架着移动，小狗被踩着了脚，在人们的裆下一瘸一拐左突右冲，一路嚎叫着仓皇逃窜。转眼间王布家四周街道上的人跑个精光，一只牛车的车轮被街边摊位上的货物缠绕住，连带着将摊位一起拖倒在地。牛越往前用力，车轮缠绕得越紧，硬是怎么拉也拉不动，只能无助地打转。

仙娘哭了，长久的委屈难过再也止不住，她号啕大哭起来，可这哭声好像真的是平地一声雷，"昂——！"

伴着息肉发出的各种声音，仿佛几百头毛驴齐声在乐器演奏下合鸣。

"我不是妖怪，昂——！"

这下连爬到树上和墙头上的人都给震下来了，人们捂着耳朵一边跑一边祈求仙娘不要哭了，可是仙娘的委屈哪里能化解得了？她快要发疯了，足足哭了一个时辰，直到哭得筋疲力尽，瘫坐在窗前。这一天，把长安人可累坏了，他们从西面跑到东面去听仙娘唱歌，又从东面跑到西面躲着仙娘的声音，腿快跑断了，脑子里一直嗡嗡作响。好几天大家见面都不说话，因为再怎么大声也听不见。

五

这事以后，不光是在长安城，全国乃至许多邻国都知道有仙娘这样一个人。甚至还有个将军突发奇想，建议皇上把仙娘派到战场上，利用她的大嗓门驱退敌军，这种无聊的建议当然不会被采用，将军被皇上狠狠地训斥了一顿。

还有人说，仙娘可能是个妖怪，在惯常拿某个人物恐吓顽皮孩子的手段里，仙娘也列入其中。仙娘来了——像一句咒语一样，能让孩子们当即收起哭声，乖乖地听任父母摆布。不仅是孩子恐惧，连大人也害怕。王布家附近的邻居，有好几户都搬了家。很少有人敢在夜晚从王布家门口路过，即便是白天，也行色匆匆，用棉花堵住耳朵，眼神警惕，生怕一不小心出了什么问题。

每天都因为仙娘的鼻子发生不可思议的事。

一年秋天，有个天竺的和尚来到长安，住在长安的兴善寺传授密宗，听说仙娘的遭遇后，打听到了王布的住址，便登门拜访。和尚用手掌轻轻地托起息肉，仔仔细细地观察很久，又拿法铃在息肉旁一摇，息肉居然也跟着响起来，那声音异常响亮，像是法铃的回声，又像是用某种说不清楚的乐器吹奏的一样，听着居然非常悦耳。

和尚沉默了好一会儿，皱起眉头说，早几年就听说天上的教坊有个乐神逃跑，一直都不知道踪迹，也许他为了躲避捉拿而落入人间，化成了息肉藏在仙娘的鼻子里，要不然怎么解释这两块息肉能发出这么美妙的声音，能让仙娘唱歌如同仙乐呢？

不过这也只是一种猜测，他对除去息肉也无能为力，并且说，如果猜测没有错的话，那只有等乐神主动离开，或者天庭有什么仙人下凡来捉拿，这两坨息肉才能消失，其他也是毫无办法。

天竺和尚的这种说法，让大家恍然大悟。原来仙娘能唱出仙乐，是因为鼻子里住着乐神，那仙娘就是上天选中的歌仙了。那么为什么乐神偏偏要躲在仙娘的鼻子里呢？为什么要露出两坨息肉而不是完全地隐藏起来呢？和尚没说，大家就有各种各样的想象了。

诗人们开始为仙娘写诗，有赞美歌声动听的，有讽刺相貌丑陋的，也有警告乐神赶紧现出原形的，还有把自己想象成仙娘鼻子下的息肉，要日日陪伴在仙娘身边为仙娘伴奏的。各种良莠不齐的诗经过歌姬们传唱，传遍了大唐的各个角落。

外地人到了长安，总是忍不住好奇的心思，都想着见一见仙娘，能听一曲仙乐，也算没有白来。短期办事的怎么也要拖上一段日子，想着也许运气好，能碰见仙娘突然开口呢？实在等不及了，至少也要带几件陶俑回家，当作纪念或者给亲友的礼物，也算是不虚此行——在长安，有一种本地手艺人做的仙娘模样的陶俑，鼻子下鼓起两个圆滚滚的息肉，只要对着脑袋后面的小孔一吹，能发出好几种声音，常常会卖断货。

有一些无所事事的人干脆租着房子苦苦等待机会，等着等着，渐渐适应长安的生活，也交上朋友，甚至成了家，就乐不思蜀起来。还有一些人，住得久了，盘缠都花个精光，有家难回，只好成了倒霉的流浪汉。

六

仙娘才不想做什么歌仙呢，自从上次唱歌后，事情变得越来越无法收拾，真是太煎熬了。仙娘被折磨得消瘦如柴，尽管人瘦了，息肉却没见得小，挂在面前显得人越发古怪。她总是想哭，可是又怕哭声会吓着人，哭后又会招来更多的人和事。有好几回，一群人结伴到家门口，嚷着要进屋看仙娘，还有人竟然趁着夜色偷偷爬到仙娘的窗下，要不是忌惮仙娘万一受惊吓尖叫可能把自己给震伤震死，就真的钻进屋子里了。

一家人都惶惶不安，王布报了几次官，可是有什么用呢？这些人又没有犯法，只能警告了事。况且官府来了人也想见见仙娘听首仙曲，人人都很好奇，走了一批又来一批，真是无穷无尽的烦恼。

天竺和尚说的是真的吗？仙娘想，如果是真的，乐神什么时候能走呢？为什么偏要折磨自己？她默默地在心里给自己一个期限，如果到了期限仍然如此，就再也不能在长安住着了。要不就去终南山做个道士，要不就照着鼻子一刀下去，斩断息肉，如果真有乐神就最好了，大不了同归于尽。

真叫人烦恼啊！

又过了半年，有一天夜里仙娘刚准备入睡，一个眉清目秀的少年突然凭空出现在仙娘的闺房里，吓得仙娘以为见到鬼。在仙娘终于平复惊吓的情绪后，这个少年向仙娘深深鞠了一躬，道出事情的原委。

少年说，他叫长琴，是天上的乐神，因为厌倦了整日枯燥无味地弹奏乐器，就逃到凡间，躲在仙娘的鼻子里，而那两坨息肉，其实是自己的乐器。果然那个天竺和尚没有猜错，就是这样一个神仙每天藏在自己的鼻子里，和自己朝夕相处吗？仙娘看着这个翩翩少年，实在没办法和丑陋的息肉联系一起。

可是不管怎么样，就是他让自己受尽了委屈，想到这里，仙娘心里的怒火一下冲上头顶，为什么他可以这样地折磨一个普通人呢？

"这段时间带来的困扰，实在是抱歉！"长琴说完，又向仙娘鞠了一躬。

"你为什么要躲在我的鼻孔里？天下那么大，有那么多人，为什么偏偏就是我呢？"仙娘一开口，心里的怨气又升上来了。

"这个倒没有什么特别的原因，只是恰巧就躲在姑娘的鼻子里了而已。上天把人生得有的美有的丑，有的富足有的贫困，不是也没有理由吗？"

"可是你为什么住这么久？几年了，非要折磨我一个人！"

"啊，实在对不起，我是个神仙，对我来说其实只有几天而已，"长琴解释说，停顿一会儿，他继续说道，"我将不会再来打扰姑娘，今天就做个告别，请千万不要怪罪我。"

"我当然要怪罪你！"仙娘气得伸手抓起桌上一只花瓶朝着长琴砸去，还没等花瓶砸到，长琴已经化作一阵烟消失在仙娘的闺房了。

　　长琴在临走时说，之前只是想着躲避天庭，却没有料到会给仙娘带来这样大的伤害，心里实在过意不去。为了表示歉意，他会治好仙娘的塌鼻子，这样也算是对这几年痛苦的一点补偿。果然到了第二天，仙娘醒来发现鼻孔下的息肉真的不见了，那个又扁又大的塌鼻子变得笔直高挺，鼻子上的疙瘩也消失了，连原来的龅牙也变得平整，虽然面孔算不上多么俊俏，却也比从前清秀许多。仙娘跑出闺房去和父母讲述头天晚上发生的事，她说话声音再也不是驴叫，婉转得像只小鸟在歌唱，真的脱胎换骨了。

七

　　说起来这事真是有些奇怪。起初，仙娘是因为相貌难看而成了众人嘲讽的对象，因为长了息肉而成了别人嘴里的怪物，也因为息肉又成了歌仙一样的人物，现在长琴带着息肉走了，留给仙娘一副正常的面孔，为什么这些事情都发生在仙娘身上？也许就像长琴说的那样，哪有什么理由呢？

长琴走后，人们又为仙娘相貌议论了好些时候，可终究仙娘回到一个平常人的身份，再也没有一直被关注的理由，渐渐地大家又各自忙别的事了，只是偶尔不知什么原因，有人起了个头，又免不了说上几句。再往后，就越来越少了，毕竟长安那么大，人又那么多，每天都有新鲜事发生呢。那些过去嫌弃仙娘丑陋的人，又争着要去王布家提亲了，人心的转变可真是快。而仙娘呢，总在夜深人静时想起这些年发生的事，想起那天晚上见到的少年，心里充满了矛盾。

守
丹
炉

一

在中岳嵩山修炼的道士顾玄绩，终于把他的金丹炼到了九转，再继续炼制一段时间，很快会大功告成。到了那个时候，只要服用一颗，十天内就能得道升仙，登上三清胜境。不过现在这对顾玄绩并不是什么紧要的事，什么时候升仙只是时间问题，当成功唾手可得，反而没那么急迫了。

他常年住在岩洞里，每天灰头土脸地只顾着埋头炼丹，做了七七四十九、九九八十一次试验，对其他任何事一概不放在心上，此刻回想起来，有点记不起来当初为什么要抛弃尘世，一心想当神仙了。成了神仙之后又可以做什么呢？他想了很久，越想越感到空虚。

顾玄绩漫无边际地胡思乱想着，有一天，又有一个新的问题困扰了他：一丹炉的金丹，而他只需要一颗，那么剩下的金丹该怎么处理呢？又过了几天，他想出一个主意，他打算寻找一些幸运儿，把剩下的金丹分给他们，随自己一起升仙。至于为什么要将自己辛苦得来的成果轻易分给别人，理由实在也说不好，也许和一个人努力做了一桌丰盛的菜，希望有人能陪着一起吃是一样的心理吧。

当然啦，就这么轻易地和人分享这种天大的好事，未免也太便宜了些，恐怕三清胜境那些仙人们也会有意见。于是顾玄绩决定在送出金丹前，再设置一个条件，让这些人帮忙守护一晚丹炉。在炼丹时，总有形形色色的妖怪因为嫉妒而前来侵扰，企图延误时间，甚至破坏金丹。这些妖怪会化作意想不到的模样来诓骗守丹炉的人，好让他们在守护丹炉时乱了方寸。顾玄绩想用这种方法作为考验，看看他要寻找的幸运儿到底是什么样的人，值不值得和自己一起升仙。

就这样，顾玄绩离开日夜炼制的丹炉，下山到各地周游考察，寻找有潜力的人。在半年多的时间里，他陆陆续续相中几个，分别把他们带回嵩山。这些人中，有和顾玄绩一样炼丹的方士，只是还不得其法；也有的长相气质脱俗，看着似乎比普通人更加可靠；还有一些，完全是顾玄绩凭喜好和心情决定的，给人家一次机会。这些被选中的人，要么兴奋得手舞足蹈，要么激动得泪流满面，有的甚至当场昏厥过去，因为即便是做梦，也不会梦到有这样的好运砸到头上。

拥有了这些金丹，顾玄绩仿佛一个国王，不，是比国王更厉害的人物，他主宰着别人的命运，让他们继续做普通人还是成为仙人，只在于自己的一念之间。顾玄绩看着他们，一个施予恩赐的人看着受恩赐的人感恩戴德的样子，心里升起的可能远远不止喜悦吧。

"切记，一切都是幻觉，你只要不开口，就不会真的发生什么事。"

在交代守护丹炉的任务后，顾玄绩向每一个人严肃地警告，只要不开口，不对所遇见的人和事回应，就不会进入妖怪设计的虚幻里，等到天一亮，妖怪就会退去，这些虚幻自然无影无踪，那么守护丹炉就算成功了。

"请道长放心，就是拼了性命，我也绝不会开口，一个字都不会说！"每一个人都坚定地保证着，眼神里充满自信。

"好，如果能坚持到天明，我就赐你一颗金丹。"顾玄绩说。

这些人想着不开口而已，又有什么难的，只要忍受一晚上，从此一步登天，那么就算是上刀山下火海又能怎么样呢？但随着一个又一个守护丹炉的夜晚过去，结果却都毫无例外，他们终究没有抵抗得了妖怪的诓骗，在半夜发出惊恐的怪叫，将成为仙人的美梦化为泡影。

据他们说，当他们在夜里睡去，就有妖怪进入他们的梦境，有的人梦见被巨蛇缠绕，有的人梦见被猛兽吞噬，有的人梦见被青面獠牙的怪物撕咬，总之都是极其恐怖惨烈的场景；在那慌乱中，他们早已经吓得魂飞魄散，忘记是真是假，把顾玄绩的话也抛在脑后，只凭本能大声呼叫。

这些人当然不能获得金丹，只能带着懊悔离开嵩山，回到原来的生活中去了。凡人就是凡人，终究没有成为仙人的缘分。金丹一颗也没有少，问题仍然还在那里，顾玄绩只能继续苦恼了。

二

一个晴朗的中午，顾玄绩再次走在街头时，被一个年轻人拦住了去路。年轻人名叫周乙，年龄不过二十出头，他长得很瘦弱，眼睛耷拉着，一副没有睡好的样子，他也有想要成为仙人的愿望，但并不能引起顾玄绩太大的兴趣。这个年轻人普普通通的，没有多少精气神，连和以往挑选的人比都逊色不少，根本也看不出有成仙的潜质。

"年轻人，你为什么想要成仙呢？"顾玄绩问。

"谁不想成仙呢？"周乙回答说，"长生不死，无忧无虑，想要什么就有什么，还有哪个笨蛋不愿意吗？"

"那你知不知道，有许多人也有和你一样的想法，可最终都失败了。"

"可我还是想试一试，希望道长能给我一个机会。"

虽然回答得不能让顾玄绩满意，但顾玄绩还是愿意遵循原来的想法，为周乙安排守护丹炉的任务，看一看他的造化。

他们骑上顾玄绩手中的竹竿，转眼间就腾上半空中，朝着嵩山的方向飞去。周乙坐在顾玄绩的身后，紧紧握住竹竿，脸上没有顾玄绩期待的任何反应，好像一切都是那么自然。

很快他们到了嵩山，顾玄绩把周乙带到炼丹的岩洞。到了夜里，炼丹的炉火仍在燃烧着，岩洞外漆黑一片，没有月亮，也没有一颗星星，大风像是野兽的嘶吼一样在林间穿来穿去，让人感到气氛鬼魅。如果从遥远的地方望向岩洞，岩洞不过是无边黑幕中微不足道的、随时要被吞噬的一点光亮，而正是这样的一点光亮，吸引着躲在幽暗处的妖怪们朝着它接近。

"切记不要开口！"顾玄绩又向周乙重复一遍这样的叮嘱。

周乙点点头，定定地坐在丹炉前，炉火照着他的身影在石壁上摇曳，他谨记着顾玄绩的话，打起精神，时刻警惕着四周。

顾玄绩觉得这人无非又是一个失败者，也不去管他，只顾自己睡觉。夜里翻身醒来，看见周乙兀自坐在丹炉前，炉火正旺，周乙闭着眼睛，大概已经睡着了。

"很快就要吓醒了吧？"顾玄绩心想。

为了不被周乙将要发出的呼喊声惊扰，他干脆坐起来，盘腿望着四周。过了一会儿，他又把目光落在周乙的脸上，那张脸突然开始扭曲，起初只是轻微地抽搐，接着越来越严重，像是无声地伤心、愤怒、咆哮……仿佛在表演哑剧。

顾玄绩知道一定是妖怪进入他的梦中，他等待着周乙的一声大喊，让这一切结束，可周乙终究没有发出任何声音，额头上汗珠一颗一颗流淌，脸色也越发狰狞，可以想象在梦中的激烈。顾玄绩满是好奇地看着周乙，想象着他正在经历的梦境，甚至好几次都有些不忍想拍醒他，但最终还是忍住了。

"没想到竟然是个意志坚强的家伙啊！"顾玄绩在心里感叹着。

时间在流逝，岩洞外面的黑色渐渐稀薄，黑夜终于走到尽头，清晨的亮光铺了进来，世界又恢复宁静祥和，周乙脸上的表情也像是潮水退去一样回归平静，渐渐地松弛，过了很久，他才缓缓睁开眼睛。

挺过妖怪诱惑的周乙并没有表现出一丝喜悦，即便是顾玄绩告诉他，要给他一颗金丹，领他一起升仙，周乙也毫无波澜。顾玄绩倒也没觉得有多奇怪，可能是梦太可怕了，他的情绪仍沉溺在梦里无法自拔也是情理之中的事，然而到底是什么样可怕的梦呢？

那一整天，周乙都是一副失神落魄的样子，一句话也不肯说，对顾玄绩投来的关注也没有一点反应。他呆坐着，像一个木偶，直到太阳绕到了西边的山顶，在天空中留下道道霞光，他的脸上又露出了不安。

"天又要黑了，"周乙的声音里都透着恐惧，"不，我不能再睡了！"

"是害怕梦中的场景又要到来吗？"

"……"

"那就不要睡了，我陪着你，你给我讲讲昨晚的梦吧。"

三

记不起是什么时候了，坐在丹炉前的周乙终于睡去。又不记得是什么时候，恍惚间他坐在山间的一条泥路上，也不知道为了什么，一切都没有来由。他正觉得不可思议时，突然间发现一条黄色的巨蟒盘旋在身边，吓得他倒吸一口凉气，差点忍不住要叫出声来。巨蟒吐着长长的蛇芯，向周乙匍匐而来，周乙一动也不敢动，飞速地思考着应对的办法，可是并没有任何办法，连跑也来不及了，那条巨蟒已经缠绕在他的身体上，缠住他的双手双臂、他的胸口和脖子，压迫得他无法呼吸，只觉得五脏六腑都拧成了一团，唯一能做的只有最后的哀号了。

"这是幻觉！"在周乙快要失去意识时，脑子里一下想起顾玄绩的话，于是强迫自己放松下来，努力调整呼吸，很快被拧成一团的身体也跟着慢慢舒展，巨蟒也随之放开缠绕，化作一团雾气消失不见了。

周乙刚松一口气，突然间又听见千万只鼓槌捶打着大地，震得心脏都快要裂开。接着烟尘滚滚，在烟尘中有一支旌旗招展着，还没等他看清旌旗上的绣字，黑压压的一队铁骑就朝他奔来，长矛在太阳的照耀下闪着银光，晃得眼也睁不开。

"你是什么人？速速回避！"

为首的一个将军大喝一声，马已经来到周乙面前，坐在马上的将军有一丈多高，抬眼望去像是望着一座山一样，他的左手握着一把巨斧，右手的长矛直指周乙的面门，只要再挪一寸就能穿进周乙的脑袋了。

在将军的身后，穿金甲持长矛的武士们也一样威武如山，个个似凶神恶煞。

"速速回避——！"众武士一起大吼，声如雷鸣。

十几座山挡在周乙面前，在他和周围笼罩出巨大的阴影，让他一下子感觉天地昏暗。可这回他再也不害怕了，纹丝不动地坐在那里，连眼皮都没有抬。他心想，来吧，你们这些妖怪不就是会这点吓唬人的招数吗？

"听不见我的话吗？为什么挡着路？快回答我！"

"快回答——！"众武士又一齐重复将军的话。

周乙根本不理睬将军，老僧入定一般。

"杀了他！"武士们的怒吼在山谷回荡。

将军大怒，将长矛向前一送，直接顶着周乙的脑门，停了片刻后，见周乙仍然毫不理会，就直接将长矛刺了进去，一股透心的凉气从周乙的脑袋往全身散开，身子下的山路也在瞬间化为乌有，只感觉身子一直往下坠落，像是坠进无底深渊，越坠越觉得黑暗。

黑暗似乎没有尽头，在坠落中周乙的耳边充斥着凄厉的惨叫，那像是来自地狱的声音，让人窒息和绝望，周乙忍受着，不知道会不会突然崩溃。很久以后，终于前方又有一丝朦胧的光亮，他继续坠落，最终落在一个男人的手掌之间，男人的面孔凑到周乙的面前，正乐得合不拢嘴，周乙知道这个男人就是自己的父亲。

四

"所以，你是投胎了？"

"是的，我被那个将军刺死后，就投胎到一户人家，尽管在我的意识里，我知道是在做梦，可是我常常会忘记，以为就是我的人生。"

"这又是要耍什么花样？"

"也许是知道威胁不成，妖怪才又使出这种诡计吧。"

投胎后，照理从一个婴儿长大成人是个漫长的过程，可周乙经历的只是种种片段。比方说，他看到自己在父亲的手掌间，他不哭不闹，板着脸张望四周，让那些来参加生日宴会的亲朋大感疑惑，不知道该说什么样的祝贺词。接着很快他又站在屋子里，他的个子已经很高，快和桌子齐平了，他看到母亲伤心落泪，说他是个性格古怪的哑巴。接着他又被一些人追赶，听见人说要打死这个怪人……

这些一幕幕出现的场景，串起周乙成长的轨迹，让他感受到自己实实在在地生活着；另一方面，他又觉得那不是他，他永远是一个冷眼旁观者，无论处在什么情景下，又经历了什么，无论和谁相处，他都沉默着，游离着，拒绝着，置身于事外，所以他成了不被理解的人和让人讨厌的人，在一个接一个变化的景象里，他总是看到无奈、失望和愤怒……

那真是一个漫长的梦！

有时候是幸福的时刻，幸福得忘记去想是梦还是现实，结婚了，孩子出生了，金榜题名，还有和家人朋友共度的美好时光，每一个时刻都值得欢呼，可是最终他还是忍住了。

也有伤心惶恐的时刻，家道突然就中落了，还不清的债，朋友的背叛，说不出什么原因的委屈，被什么人突然踩到脚底下，总是走不出去的茫茫山野，忽然间被追赶……一个接着一个不连贯的场景跳来跳去，每一个时刻都忍不住想呼喊，最终也都忍住了。

"周乙，你倒是说一句话呀！"

这样的呼唤无时无刻不在周乙的耳边萦绕，至亲、好友和许多熟悉的人的渴求的目光一次又一次地出现在他的面前，击打着周乙心里的防线。他不得不时刻提醒自己，一切都是假的，都是妖怪的伎俩，可内心里另一个想法又在反驳自己：这怎么会是假的呢？他们难道都不存在吗？

周乙糊涂了。

有一次，他在镜子中看到一张脸，那张脸上满是疑惑，眼神也失去光彩。他想这是自己的脸吗？那么熟悉又那么陌生，让他觉得脑子一团混乱。

"收起你的防备吧，融入他们，这就是你的人生啊！"一个声音在他的耳边响起，那个声音充满了怜悯，"无论你相不相信，你都再也走不出去了。"

五

周乙望向岩洞外，此刻太阳早已落山，岩洞外又被夜色吞没，也许妖怪正躲在黑暗中某个地方偷听他们的话呢，一想起来真让人毛骨悚然。虽然艰难地熬过了昨天的梦，可当时的心思只放在不要被妖怪诱惑上，并没有顾及那么多，现在再重新回想，反而恐惧得无以复加，他不禁抖动嘴唇，牙齿也在不停打战。

可是不管怎么样，昨天晚上他挺过来了，虽然回忆起来还是那么揪心。

"后来母亲病倒了，接着没多久父亲也躺在病榻上。"

弥留之际，他们的眼睛里饱含泪水，唯一的要求是周乙开口说一句话，似乎他们都知道周乙是可以说话的，只是搞不懂他为什么永远一声不吭。两双眼睛可怜巴巴地望着周乙，深深地刺痛着周乙。周乙不敢看他们的眼睛，他把头埋在胸口，还是没有说一句话。

"这到底是不是真的？"他在心里呐喊。

一阵青烟过后，他忽然又到了地府。

"周乙，你这个冷血的怪物，不孝子！为什么不说话？"

阎罗的声音好像滚雷一样灌进周乙的耳朵里，震得周乙的脑袋都要炸裂。一个厉鬼一把抓住他的头发，他不得不仰起头，见到阎罗那张威严而又恐怖的面孔，阎罗双眼怒瞪，那眼神简直要直取他的魂魄，更重要的是，阎罗的话像刀一样割开他的心。

"我要剥开你的心看一看，你到底多么冷酷无情！"

"我没有！"

周乙在心里抗议着，快要发疯了。

阎罗也不管他，一挥手，两个厉鬼拉着铁链，把周乙的父母从黑暗里拉了出来，他们显然是受了酷刑，浑身上下都是鞭打的痕迹，在阎罗脚下的台阶前无声地抽泣着。周乙突然在心里涌起关于父母的点点滴滴，他们从年轻逐渐变得苍老，从曾经是他的依靠到如今的衰弱无力，一股巨大的融合着愧疚和绝望的感觉堵在他的喉咙间，像是巨浪一样，让他的胃在翻滚，让他无法呼吸，他想大声地喊叫，把心里头积累的全部喊出来。

"周乙，这是你们最后一次见面了，以后永世都是陌路人，"阎罗提高声音，突然大喝一声，"你真的没有想说的吗？"

"说话！说话！"

厉鬼们一起高喊，阎罗殿的每个角落里都在发出凄厉的声响。

周乙紧紧握着拳头，快把牙齿咬碎，他的心中突然升腾起一股怒火，这股怒火说不清是因为自己的无能，还是因为阎罗的残忍，那一刻他周乙抬起头，瞪着阎罗，用赴死的心思狠狠地对视阎罗，一个声音在周乙心里重复着，像是对妖怪的宣言。

"你们休想骗我！我绝不会上当的！"

"嗯……既然什么都不肯说，那就送他们上路吧！"

阎罗又挥挥手，先前那两个厉鬼一边扯动铁链，一边挥舞鞭子抽打周乙的父母，把他们从周乙的眼前拖出阎罗殿，再也不知去向。只有阵阵撕心裂肺的哀号声仍回荡在阎罗殿里，锥子一样一遍一遍刺着他的心。

又一阵青烟，地府消失了，阎罗消失了，厉鬼消失了，一切都消失了，青烟中，周乙不知道身在何处，像条无家可归的野狗，像一个被打趴在地的废物。

过了很久很久。

青烟中出现一个人影，那是周乙的妻子，手中抱着他们的孩子，一个刚出生不久的婴儿，正泪眼婆娑地朝着他走来。

"啊，他们怎么来了？"不祥的感觉涌上周乙的心头。

"你太狠心了，连父母的离去都不能让你开口吗？"周乙妻子的眼泪扑簌着直往下落，"还有什么能打动你这副铁石心肠？"

"……"

"你永远只想着自己，想着成仙，为什么不看看现实，看看生养你的父母，看看你的妻儿、你的亲人朋友，人间就没有什么值得你留恋的吗？"

周乙的妻子把孩子举了起来，孩子对周乙笑着，一只小手伸向周乙。

"阿，阿爷……"

一声奶声奶气的呼唤，让周乙感觉心像被什么东西一下子握碎了一样，他把手也伸向孩子，可是无论如何也触碰不到孩子的手。

"周乙，你看他会叫你了……"

"真好啊……这到底是不是梦？"周乙想。

"可是这又有什么用呢？"妻子的声调一下转为哀怨。

孩子被妻子高高举过头顶，周乙预感到结果，他想伸手阻拦，一股力量阻止着他，任他怎么挣扎也无法冲破，只好眼睁睁地看着孩子摔落在地。

接着，一把刀横在妻子的脖子上，绝望地看着周乙。

"你真的什么都不愿意说吗？"

"……"

"周乙，我诅咒你，你不是要成仙吗？这就是你的结局！"

只是在转眼间，两个人就在周乙的面前结束了生命。周乙感觉像是被一只巨大的手掐住似的，他的呜咽声在喉咙间像是洪水冲击着堤坝，眼珠快要因为窒息而瞪了出来。

他瘫跪着，无力地用拳砸地，直到光亮到来，将周围的黑暗驱散。

六

这一夜，妖怪把所有招数用完，仍然没办法让周乙上当。顾玄绩想，这个年轻人真是意想不到的坚定，可是又觉得一个人在这种情况下都能够抵挡得住，究竟是什么样的心肠呢？恐怕连妖怪都没有想到吧？

"很难想象经历这样的梦，你竟然能承受到最后。我不知道这是有多大的意志力，还是因为……"顾玄绩的话停顿下来，没有继续说下去。

周乙看了顾玄绩一眼，明白他的意思。

"虽然生来缺乏热情，似乎也缺少情感，可是在梦中我却一直动摇，说不准在某个时刻就忍不住发出声来。只是靠一点残存的信念，相信这一切都是假的，这才挺过来了，如果夜晚再长一些，恐怕也要辜负道长了。"

"这些妖怪太懂得折磨人心了，真残忍啊！"顾玄绩只得叹着长长的气。

"谁能想到会是这样呢，"周乙感到深深的疲惫，"我觉得我就像是被铁锤不停地爆锤，要把灵魂里的所有情感都捶打出来，捶得渣滓都不剩，只留下空空的躯壳，他们才甘心。"

"如果一个人在这样的梦境中都无动于衷，那该有多么可怕。"

顾玄绩说完，两个人陷入沉默，各自想着心思。

岩洞外的天色越来越亮，洞口外的一小块天空蔚蓝澄净，云团悬在上面，群鸟从一头出现又在另一头消失。天空下，苍翠的松树林一直绵延到山脚，树梢在轻轻摇晃，似乎是松鼠，又或是别的东西，天地间没有一点声响，时间在两个人的沉默中流逝。

"年轻人，我之前答应给你金丹，我是不会食言的，"顾玄绩终于又开口了，"只是不知道经历这样的晚上，你对成仙会有什么样的想法。"

"不敢欺骗道长，重新为您讲述这一晚上的梦，我好像又经历了一次残忍的生离死别，我一边讲述，一边问自己，我在梦里做的是对的吗？您说过，只要不开口，就不会进入妖怪设计的虚幻里，我做到了。可是梦里的情感却是真真切切的，我想我又没有做到，所以我觉得我还没有办法成为一个仙人。"

"想成仙真是太难了！"顾玄绩说。

"道长，如果是你，你会在梦里怎么做呢？"

顾玄绩并没有回答周乙的问题。

这一夜，周乙向顾玄绩讲完他的梦境，决定还是回家继续做一个凡人，他拒绝了顾玄绩的金丹，一早就离开了嵩山。等周乙走后，顾玄绩再也不想找任何人分享金丹了，到了夜里，他独自守护在丹炉边，闭上眼睛，等待着他的梦。

呼音乐的人

一

雨从傍晚就开始下了，雨水顺着屋檐流淌，滴滴
答答的，到深夜都没有停下来的意思。这间去往洛阳
路上的唯一客栈里，来了几个投宿的客人。晚饭过后，
只剩下一个年轻的书生和一个中年商人在大堂里聊天，
他们都是赶了一天的路，正巧在客栈相遇。此时其他
客人们都已睡去，只有两个人小声说话的声音。书生
从汝南来，要去洛阳投奔一个亲戚，他是个没怎么出
过门的人，与人交谈还有点生涩。商人呢，显然走南
闯北，和谁都能很快熟稔，他胖乎乎的敦厚外表也容
易很让人放松下来。两个人正天南海北地闲聊着，屋
子里渐渐传来了书童的鼾声，那鼾声一声比一声响亮，
好像为了配合雨天的雷似的。

书生叹了口气，对商人苦笑着说："每次我们一起出门，如果不能在他之前睡着，那一夜就别想睡了。怎么会有人打呼这么响呢？简直就像驴叫一样，真让人头疼，恐怕全天下都找不到比我们家这位更厉害的了！"

"这倒没什么稀奇，"商人说，"我有个亲戚住在许州，那里有个人打呼才真叫惊天地泣鬼神呢。据说那地方方圆几十里的人耳朵都不大好，都是被那个人的呼噜声给震坏的，你要跟人家说话，不扯着嗓子对方根本听不见。"

"有这么夸张吗？听着可不像是真的。"书生笑道。

"这还不算，后来大家才知道，他的呼声自成旋律，被音乐家们记录成了乐谱，好些都填了词，到现在还在传唱呢。"

"这听着就更离奇了。"书生使劲摇着头，完全不相信商人说的话。

"是啊，这件事情的确不太一般呢，"商人也觉得这样说书生根本无法相信，反而好像是拿他取乐一样，于是又接着说，"反正现在也睡不着，不如就给你讲一讲这个打呼的故事吧。"

二

　　大约是十几年前吧，具体是什么时候也说不好，在许州某个地方，有个名叫郑复的，就是接下来要说的那个打呼能发出音乐的人。至于他是做什么工作的，也记不太清了，不是某个行当的工匠，就是走街串巷的小商贩，再不就是哪个酒楼的伙计，总之是一个普普通通的身份。他的样子也非常平常，个子不高，略微有些胖，扁扁的大鼻子倒也算不上多么丑陋，如果走在人堆里，很难一眼就能把他认出来，也很难将这个人跟后面将要说的事联系到一起。

　　郑复二十五岁那年，生了一场病，回想起来，那场病也没让他的身体有什么变化，也没发现有其他特别的病因，可就是从那以后，他的打呼莫名其妙地到了让所有人受不了的程度。

　　"喂，昨晚听到郑复的呼噜声了吗？"

　　"嘿，脑袋震得到现在还痛呢！"

大家用这样的打招呼方式开始了一天的生活。

郑复的呼噜声有多夸张呢，每个夜晚，他躺在床上，张大着嘴，就像一只蛤蟆，打起呼来嗓子眼里总像有一股浓痰在翻滚，呼噜声就像是闷雷，像是寒冬中狂风的呼啸，像是黑夜里野兽的嘶吼，一声紧跟一声，真的又震撼又恐怖。谁也搞不清这么一个看着普通的人，为什么一到睡着就变成这个模样，有人甚至怀疑是不是某个怪物在晚上钻进他的身体。那些和他做邻居的人，如果晚上醒来就再也别想睡着，只觉得有一口钟在耳朵旁边敲，脑子里嗡嗡作响，只好在床上摊煎饼，或者干脆坐起来，望着窗外明晃晃的月亮和空荡荡的街，苦恼地等待着白天来临。

"菩萨啊，让郑复的呼噜声停下来吧！"醒来的邻居在黑夜里默默地祈祷。

到了白天，郑复还是跟往常一样，只有那没睡着的邻居憔悴不堪，带着一脸的怒气："郑复，你昨晚又打呼了，简直是地动山摇！"

"真的吗？实在是不好意思，可能昨天太累了，睡得有点沉。"

郑复露出抱歉的神情，向邻居弯了弯腰，他本来就是一个胆小懦弱的人，又因为呼噜声给大家带来困扰，就更加卑微了。

"你真该去瞧瞧大夫了，哪有人打呼会这么响的！"邻居怒气未消，可显然也无可奈何。

有一次，郑复大概头天晚上没睡好，中午时间打了个盹儿，正巧一个外地人骑马从门口经过，郑复突然发起雷鸣般的呼噜声，把那匹马吓得一跃而起，这个外地人就从马背上滚下来，摔得鼻青脸肿。

那个人从马上摔下来，还不知道这匹马到底被什么吓得突然发疯，他从地上爬起来，一瘸一拐地循着声音寻找，看见郑复坐在台阶前，仰着头闭着眼睛，张着老大的嘴在打呼，这才搞清楚原因，于是就逮着郑复大吵大闹。后来围观的人说，当时的情景让郑复非常狼狈，这个人抓着郑复的胳膊不放手，非要郑复赔偿。他扯着嗓门诉说自己的遭遇，语气里夹杂着委屈和恐惧，但更多的是对郑复打呼声的诧异，不断地发问一个人怎么可能打呼声那么响亮呢？

"天呐！太响了！

"耳朵已经震聋了，五脏六腑都要震出来了！

"以为是龙吟、虎啸、雷鸣、炮火、地震、房屋倒塌、山崩地裂、盘古开天辟地、共工怒触不周山……"

一阵数落让郑复羞得面红耳赤，几次想打断外地人的话，希望他不要再说下去，可嘴里只是磕磕巴巴地吐出"息怒""请听我说"这些，此外再也没有一句像样的话了。

这件事又成了笑话并在街坊间流传很久，人们又多了一条揶揄郑复的理由，以后每当郑复从街上路过，就被人拦下来笑个不停。

"郑复，你出名了，现在连外地人都知道我们这有个打呼厉害的人。"

"那个外地骑马的人，可能早把消息传到千里之外喽。"

"真该让所有人来听听，我们这里每个夜晚都在打雷！"

他们这么说，郑复只能尴尬地笑，小孩子们跟在他的后面，用鼻子发出猪一样的叫声，然后大喊"郑复又打呼噜啦——"

周围又是一阵哄笑。

"莫闹，莫闹！"郑复只好怯怯地说，但也无可奈何。

三

书生插话说："这未免也太不可信了吧，试问一个人打呼怎么可能那么响呢？简直闻所未闻！"

商人说："虽然说起来不可思议，可是千真万确。"

书生把头摇得跟拨浪鼓似的，说："除非这个人是什么怪物，要不然就是您在说笑话，哄骗三岁孩子。"

商人回头望了望书生的房间，书童仍是鼾声如雷，于是笑了笑对书生说：

"且不管是妖怪还是哄三岁小孩，眼下你我还是睡不了觉，要不，听我继续讲下去？"

由于打呼这件事，郑复变得特别敏感，想象着人们谈起他，恐怕只会说起打呼的事，这可真难为情。他越在意，越是处在自责的情绪里，就越睡不着觉，这让他的睡眠变得非常紊乱。有时候快到天亮才睡着，有时候又一夜没有入眠，到了白天某个时刻就忽然打起盹儿来。这种毫无规律的睡眠，让他的脾气也变得日益暴躁和反复无常起来，因为心情的变化，睡眠又更加差了，呼噜声似乎也更大了。

他当然也找过大夫，大夫给他开了些枣仁、龙胆草和当归之类的药，让他用热水煮着喝，可并不管用，也不晓得是什么原因，反而越喝人越浮肿。他很想变得不存在，走路总是习惯贴着墙根，远远地见到迎面来人，赶紧低下头，装作没有看见的样子，想着办法绕路，生怕别人谈起他的呼噜。可是不管怎么躲着人，到了睡着的时候，照样让人不得不注意到他。

这样唯唯诺诺地生活了几年，他越来越觉得自己是个招人嫌弃的家伙了——的确大家有很多不满，也许应该趁早离开。可以去哪呢？这是他出生和长大的故乡，而且去别的地方就不被人听见呼噜声了吗？

但是他终于还是做了要离开的决定。

在他出现这事的第三年，也就是他二十八岁的时候，他娶了一个从很远地方来的女人——附近的人早已经知道这个雷神，当然不愿意嫁。那个从远方来的女人，长得黝黑，和郑复一样个头不高，话也不多，看面相还有点凶。白天大家吃完喜酒，都散去了，这本来是应该高兴的一天，可是附近的年轻人却使了坏心眼，到了天黑以后，竟有十几个小伙子守在郑复家附近，猜测郑复会在什么时候打呼，以此来判断洞房花烛夜郑复花了多少力气，并下了些赌注。很快这个消息传到每个人耳朵里，像一束火苗丢进柴堆，水滴进了油锅，瞬间就在坊间炸开。那个夜晚，坊间的邻居都为这件无聊的事睡不好觉，即便没有真正下赌注的人，也会在心里默默加上自己的预判，所有人竖起耳朵，等待着郑复的呼噜。

第二天，人们见到郑复，把他拦了下来。

"郑复，昨天晚上怎么睡那么早？没使劲呀！"

"今天可要好好努力！"

人群里响起哄笑声，连女人们都忍不住捂着嘴偷笑，小孩子不明所以，却笑得肆无忌惮。

"啊，你们怎么知道……"郑复一下想起自己的呼噜声，臊得那黑黑的脸庞变成暗红，"莫笑，莫笑！"他恨不得立刻钻进地缝，便把头耷拉到胸口，弓着身体快速走开了。

没过几天，那个远方来的女人也跑了，只是说受

不了郑复的呼噜了。她向过来关心的几位大娘描述入
睡后的细节，说着自己内心的恐惧，夜里被震醒后感
觉世界都在崩塌，她是无论如何都不能和郑复继续生
活下去了。一天清晨，趁郑复还没有醒来，她带上细
软，匆匆忙忙地逃跑了，再也没有了消息。

于是郑复又成了笑话，他想他再也没脸待下去了，
必须要跟这个生活了二十多年的地方告别，去没有人
的地方，再也不会为呼噜声困扰。也许可以去某个深
山老林，去做个和尚，或者做个浪迹天涯的流浪汉，
他悲伤地想。

四

郑复终于要走了，不过是以另一种方式，这就是
接下来要讲到的关于打呼发出音乐的事了。在郑复纠
结着要离开的时候，坊里来了一个过路的乐师。他夜
里住在坊间的客栈，突然被郑复的呼噜声惊醒，一下
跌落在地上，于是这个晚上再也没有睡着觉了。

已经是三更，星星挂在头顶，郑复巨大的呼噜在

黑夜里升高降低，拉远又扯近，偶尔从某个巷子里传来的狗吠以及打更人敲打竹梆声，像是给郑复的呼噜声配上和声。一个和乐师一样睡不着的人推开窗，大喊一声，郑复，别打呼了！声音回荡了一会儿，终于还是被黑夜吞噬了。

"为什么这呼噜声听着这么忧伤孤独呢？"

这个名叫韦和的乐师坐在地上，闭上眼仔细听着郑复的呼噜，除了实在太响亮以外，整个就像是一支旋律，抑扬顿挫，有时候郑复的喉咙在呼噜的尾音处又多发出一长串极快的哗啦哗啦的声响，像是为某段节奏加上华彩，让这支旋律特别的美妙。这一整夜，韦和好像感觉有无数个乐器贴在自己的耳朵边演奏，让他的耳膜快要震破，可又是那么动听。

他闭上眼睛，让思绪跟随着旋律起伏。在他作为乐师的生涯里，他演奏过许许多多的音乐，除了本土的，也涉猎西域和扶桑的音乐，但从没有一首乐曲能像这样让人震撼，有时候雄浑得让人血脉偾张，有时候又如诉如泣得让人潸然泪下，只要能忍受住那把人肝胆震裂的声响，专注于旋律，这呼噜声会比他以往听过、演奏过的任何音乐都直击心灵。

接连几天，乐师韦和都在这又震耳又动听的呼噜声中听着前所未有的曲子，直到真的确定了这个神奇的事情。一早，韦和就登门拜访郑复，告诉郑复他听见的奇迹，可郑复根本不相信，他的眼睛通红，眼神充满忧郁，现在连一个过路人都要戏弄自己了，可见他的呼噜声是多么让人好笑啊。

"请你不要再开玩笑了，我已经打算离开，从此再也不打扰任何人了。"郑复伤心地说。

"不不，我并没有开玩笑！"

韦和真诚地告诉他自己听到了什么，拿出这几天记录的乐谱给他看，郑复当然看不懂，仍然将信将疑。最后韦和说，反正郑复也要离开，不如跟着他一起去长安，去见一见那里的音乐家，让他们听一听呼噜声。他赌咒发誓，绝对没有戏弄郑复，并且把这几天记录的乐谱请人送给长安一个熟悉的乐师朋友，很快朋友回复一封热情洋溢的信，对这事表达了吃惊，也邀请两个人尽快到长安会面，并且说可以联系长安最好的音乐大师一同见证。

韦和说，虽然不知道郑复为什么打呼会发出音乐，但这真是这辈子见过的最神奇的事情，这些音乐每天晚上都不重样，可以说比任何音乐都震撼。如果让长安的大师听到，让他们召集更多的乐师演奏，让人知道世界上还有这一种音乐，那是多么了不起的事啊。

"所以，请你一定要跟我去一趟长安。"韦和再次恳请道。

郑复对韦和说的这些事并不敢奢望，只是在心里升起了小小的心思。他原来只是想离开家，却不知道去哪，现在有了一个方向。而且他意识到，如果跟着乐师离开许州老家去长安，那将会是另外一种完全想象不到的生活。也许真的有一个地方，他不会因为呼噜声大而受到困扰，遭到嘲笑戏弄，这是多么开心的事。虽然在他的脑子里这个念头模模糊糊的，但他还是决定听从乐师，跟随他去一趟长安。

五

"郑复，你要走了吗？"当知道这个消息，每个人都在询问郑复。

"对，我再也不打扰你们了！再也没有讨厌的呼噜声了！"郑复这样说着，心里头却是充满着倔强和怨恨。

"你还回来吗？"

"不知道，不回来了吧。"像是要找回尊严一样。

人们对他打呼能发出音乐非常好奇，大家都不懂音乐，怎么也想不通那可怕的呼噜声跟音乐有什么关系。一个每天都低头弯腰的、笑话一样的人，被大家说惯了的人，突然间变得特别起来，让所有人都不知道用什么心态去对待了。

"郑复的打呼怎么会有音乐，一定是搞错了。"

"是不是和这个乐师串通好的要捉弄大家？"

"他哪有这个聪明劲儿？"

"可是他为什么……哎，不可能，不可能！"

在大家的质疑中，郑复跟随韦和走了。长安，郑复的脑子里每天盘旋着这两个字，既兴奋又紧张，他觉得那是个充满希望的地方，可以改变自己的地方，每当这样想着，心里就生出无数种幻想来，遥远的路途，长时间的跋涉，郑复心里的渴望越来越强烈。

在路上，郑复睡得不好，呼噜也不像在家那样每晚都来，韦和熬了许多夜，只记录了几首，白天昏昏沉沉，不得不补觉。这样，两个人走走停停，到达长安的时间比预计要晚很多。

"昨天晚上你的呼噜声就是这样的。"韦和用琴弹奏了一段旋律，"我只能用琴弹出来，太过于单调了，要是在乐坊里让各种乐器一起合奏，远比现在震撼不知道多少倍。"

郑复完全不相信这竟然是自己打呼噜发出来的声音。

"要是有哪位诗人愿意填首诗，再有人配上舞蹈的话，哎呀，那可真是太美妙了！"韦和说着不禁闭上眼睛，陶醉在想象里。

韦和告诉郑复，他痴迷音乐，却是个不受人重视的小小乐师，他四处流浪，过着苟延残喘的生活，可是在内心里，总是觉得自己可以有一番作为，希望有朝一日能被人认可。几个月前他终于有了机会，一个在长安做乐师的朋友邀请他到长安去，他想了很久才鼓起勇气。机会到来，又让人忐忑不安，那可是长安啊，所有有才华的人都趋之若鹜，可是又有无数人铩羽而归，他要靠什么去征服别人呢？一个诗人也许因为一首诗就能获得名声，一个乐师或许也需要一个能让人叹服的作品，才会有更好的机会，然后才能立足吧？

也许是老天对韦和的怜悯，让他遇见郑复，似乎一下子看到了一片光明的未来。他希望带着郑复到长安，把从呼噜声中记录的音乐展示给长安人，要让所有人记住他们两个，从此在长安大展拳脚。

韦和说得动情，忍不住流下了泪水。

郑复也跟着流下了泪水，想起这几年的遭遇快要把他压垮，让他的生活摔进泥土尘埃里。乐师来了，仿佛是老天为了要把他从泥沼里拉出来一样，他想今晚一定要打一个漂亮的呼噜，以后也要打许多漂亮的呼噜，让乐师记录下来，要让长安人大吃一惊，也要让那些邻居们大吃一惊。有一天他或许会再次回到故乡，那个时候的他，将会完全不一样了，一定是一个让大家惊叹的、敬仰的大人物了。

六

长安可真大！二十多年来，郑复一直生活在小地方，连许州城都没有去过。他在十五岁那年，很想看看外面是怎么样的，一个清晨从家里出门，走了几个时辰仍然没有走到许州城，到了快要天黑才不得不折返。世界太大了，一个人在茫茫的天地间是那么渺小虚弱，回想起来都会心慌，可现在他竟然跟着乐师来到长安，这是一辈子都不曾想过的事。

一路上，郑复只想着到了长安能变成不一样的人，改变过去的生活。可是一到长安，看着高高的城墙、望不到边的大街、大街上穿梭的陌生人群，郑复立刻就紧张起来，又莫名地想起了那些邻居们，一想到他们，才发现原本积攒的要出人头地的想法像是赌气，现在气泄了，随之而来的是一阵伤感涌上心头。

他们也像他一样，一辈子没有出过远门，要不是因为打呼，他可以永远活在家乡。他们虽然对他打呼这件事感到烦恼，可是他想起所有认识的人，并没有谁有多大恶意，他们只是因为烦恼而偶尔不满，而对他调侃嘲笑，可更多还是同情。他想起最好的朋友，一起长大的卖炊饼的陆大，和他一样是个老实巴交的人，有时候他们走在一起，陆大还说早就习惯他的呼噜声，这并不是什么了不得的事。临走那天，很多邻居都祝福他在长安能过得好，陆大还依依不舍地把他和乐师送了很远，因为也不知道以后还能不能再见面。

接待郑复和韦和的地方是一座豪华的王府，两个人战战兢兢地跟随韦和的朋友穿过几道门，终于来到大厅。大厅里早早有一批等候的人，中间坐着的是王爷，两边围拢着十几个客人，一位美人正在为大家演奏琵琶，后来他们才知道，那些人里面有长安城最有名的乐师、诗人，有王爷的宠姬、门生，还有一个新科状元，那个弹琵琶的是教坊副使的妹妹。两个人哪里见过这样的场面，站在大厅里，一句话也不敢说。

"哎呀，你就是那个打呼的人？"王爷拉着郑复的手，把郑复引到座位前，好奇地打量着他。即便是见多识广，王爷也想不明白这样一个普普通通的人怎么会有这么神奇的能力，他继续说道："请你一定要多住些时日，让我们好好见证奇迹。"

王爷说着又向郑复介绍前来的客人，那一刻，郑复又成了焦点，十几双眼睛一齐注视着他，每个人都和他招呼。郑复更不知所措了，于是又露出他一向的拘谨怯懦模样来，汗珠布满额头，他不停地擦拭着，又不停地低头弯着腰向每个人回应。他不习惯这样，无论是在家乡被人当作笑话一样注视，还是现在这样让他说不出什么滋味的注视。

在一番隆重的招待后，当天晚上，郑复被安排在一间屋子里睡觉。王爷和客人们继续在大厅里喝酒闲谈，教坊副使的妹妹把韦和原先送来的曲谱演奏一遍，韦和又为大家演奏几首在路上记录的曲子，惹得众人啧啧赞叹。

"太美妙了，太不可思议了，此曲只应天上有啊！"王爷啧啧赞叹。

"以后会源源不断地有神奇的音乐等着王爷欣赏呢。"一个客人说道。

"是啊是啊，那么，今晚就让我们静候新的音乐出现吧！"

七

郑复仰面躺着，瞅着被月光照得不太清楚的墙，怎么也睡不着，回想起白天的场景，自己可笑的表现，有一种说不出的屈辱和自责，他顺着这屈辱又联想开去，想到过去种种，想到自己的命运，又想到竟然会来到长安，睡在王爷的家里，屈辱又转化成一丝奇妙的兴奋感。

他就这么漫无边际地想着心思，任凭时间一点一滴地过去。大概是王爷吩咐谁也不要打扰他的入眠，连只猫都不能靠近，所以屋外有两个人的问答声尽管压得很低，他仍然能听得清清楚楚。

"还没有睡着吗？"

"不太确定呢。"

"有没有打呼？"

"还没有。"

"只要有呼噜声速速禀报！"

于是他赶紧把心思收回来，想赶紧睡着，然后呼噜如期而至，让大厅里那些长安的达官贵人和大师们清清楚楚地听见，那么明天以及往后，一切都会改变吧？至于变成什么样，他可说不好，也不知道该怎么去想象，好像所有的想象都显得可笑，显得没有见过世面，现在还是先睡着再说吧，可是他越是想着睡着，就越没有困意。

又过了不知多久，屋外又传来对话：

"还是没有打呼吗？"

"没有。"

"哎，今晚不知道还能不能听到了。"

听见外面遗憾的语气，郑复有些慌了，他转过身来，蜷缩成一团。

还是睡不着，一路上和乐师经过的地方一个接着一个地浮现出来：望不见头的平原，在广袤的麦田中偶尔见到的一小片树林，连绵的山，山脚下矮小的屋子，山间的溪水、野花，在风中哗哗作响的白杨，崎岖的路、牛车的车轮轧在路面的嘎吱嘎吱声，清晨淡蓝色的迷雾，还有金色的夕阳。郑复这才感觉到离家实在太远了，远得好像永远也不能回头，远得只剩下记忆，于是他又想起了家，想到每天走过的巷子，想着黄昏时候到处飘散的饭菜的香味，想着雨水敲打屋檐的样子，想着每一个熟悉的人……

"我怎么会在这里啊？"

突然这个问题一下子钻进郑复的脑子里，让他害怕起来，自己像是汪洋里一叶无助的小舟。怎么会在这里呢？这一切来得太突然，又太不可思议，他不过是一个乡下人，一辈子也没有多大的期许，为什么要给他一个这样的经历呢？

一只硕大的松鼠跳到窗前，紧紧地盯着郑复，它的两只眼睛好像闪烁着鬼魅的光，又让郑复惊出一身冷汗。

屋子外再没有人来打探他的消息了，他们也都支撑不住去睡了吧？为什么他还是睡不着呢？那只松鼠在窗前蹦来蹦去，蹦了一会儿，又跳下窗户，郑复听见一阵细小又急促的声音，大概是松鼠爬到树上了吧。

八

接连许多天，郑复都在不安中等待他的睡眠，可是每到夜晚到来，睡眠就离他而去。一晚上郑复来回调整几百个姿势，直到窗外越来越明亮，又一个白昼准时而无情地出现，就这么眼睁睁地浪费一夜。

天一亮，郑复就不好意思继续睡了，强撑着疲惫的身体，在王府里坐立不安，他从乐师以及其他人的脸上看出了失望，心里越发忐忑，像个做错了事的人。

王爷和客人们满心期待着郑复的呼噜，可呼噜迟迟不来，以至于让他们有点怀疑郑复是不是真的如韦和说得那么神奇了，要不是因为韦和记录的那些乐谱，说不定两个人已经被当作了骗子。韦和只好向大家解释一路上郑复也是这样睡得不规律，呼噜也不是每天都来，请求王爷和客人们耐心，不要给他压力，不管怎样，人总是要睡觉的，打呼也是迟早的事。

想到也许是住得不够习惯，王爷又给郑复换了几次房间，还特地照着郑复的老家布置了一间，一切都为了让郑复能有个好睡眠。这种体贴的安排却换不来满意的结果，而让郑复更加愧疚自责，难以说出口的压抑积聚在身体里，他总是感到反胃，想要呕吐。

如果不是最后一次的惊天霹雳，郑复和韦和的长安之行都不知该如何收场。

没有一点预兆，一天夜里，仿佛天神吹响了号角，呼噜声像是从天外传来，也像是从地狱迸发，在王府里爆裂。

在这之前，郑复从来没有打过这么响亮的呼噜，一股排山倒海的力量把王府震得摇摇晃晃，如同是置身在汹涌的海浪里。接着又是一阵连贯的捶鼓似的响声，又急促又撕裂，像夏季突然到来的疾雨，哗啦哗啦，一阵响过一阵，这呼噜声也真的像雨水一样来得及时，要把之前所有的期待填满，要把所有的疑虑冲刷干净。

王爷以及那些在王府里等待的人，所有的人，终于见识到了他们期待已久的声音，那是无法想象的威力，让每个人为之恍惚，在天旋地转中，他们一边忍受着太过于强烈的声音的冲击，一边都享受着无与伦比的旋律的美妙。这种巨大的矛盾，甚至让有的人产生了幻觉，以为是什么天神降临人间，迷迷糊糊的好像看见有许多巨人手持着乐器走进王府，他们弹拨着，击打着，把世界笼罩在音乐之中不能自已。

"天呐，这到底是什么声音啊！"

他们手足无措，有的在王府里来回奔跑，有的仰头长叹，有的作痴呆状一动不动。有的则不知是出于紧张还是兴奋，死死抓住身边人的胳膊，抓得同伴抖如筛糠，可是同伴的身心早就被郑复的呼噜声占据，既顾不上疼痛，也想不起挣脱。

王爷总算从晕眩中清醒过来，他朝着乐师们大喊：

"记下来，全部记下来！"

不知道过了多久，漫长的呼噜声终于结束了，它戛然而止，像是一个庞然大物要挣扎着起身又轰然倒下，像是一个人正爬向高处却突然坠落平地，也像是郑复尽了最大努力给长安的一次交代，总之，在那一串呼噜之后，郑复只是浅浅地长舒一口气，世界又安静如初。

从那以后，郑复就再也没有打过一次呼噜了。

过了一段时间，郑复离开了长安，在回家的路上，他不知道该为没有留在长安而遗憾，还是该为再也不打呼噜而高兴，他沿着家的方向一路走一路想，在没有人的地方，总忍不住大声喊一喊唱一唱，他记得几句乐师演奏给他听的曲子，荒腔走板地唱了起来。

九

"这个故事就这样结束了吗？"书生听得入迷，又隐隐有些失望。

"是啊，我听我那个亲戚说，后来郑复回到家乡，就再也没有打过呼，从此过上正常人的生活。"

"真是奇怪……也不知道该替他高兴还是惋惜……"书生叹了一口气。

"这可真说不好。"

两个人望着夜色出神，过了一会儿，书生又开口说道：

"刚才你在讲，我的心思就跟着故事走，现在故事讲完了，回头再想想，总是觉得这里面有很多不合理的地方，我还是不相信一个人打呼噜会那么响，更不能相信呼噜怎么会变成音乐。"

"也只有因为不寻常才成为故事嘛。"

"可是郑复到了长安为什么突然就再也不打呼了呢？是因为水土不服，还是长安有什么特别的原因将他改变了呢？"

"这个……谁又能说得清呢？天下之大，总有很多奇奇怪怪的事情超出我们的了解，不管是真是假，就当作是打发这个夜晚，不也是一件乐事嘛？"

书生想了想说："说的也是呢，真是一个不错的夜晚。"

　　雨仍然在下，只是比前半夜小了一些，在屋外走廊上微弱的灯光映照下，像无数流萤在翩翩飞舞。书童的呼声不知道什么时候停了，只是偶尔有一两句听不清楚的梦话，商人和书生不约而同地打起哈欠，于是互相说早点歇息吧，明天还要继续赶路呢。

考验

一

　　孝武帝宁康二年五月的某天上午，道士吴猛功德圆满，即将踏上仙境。这一天，方圆数十里的看客早早地来到逍遥山下，等待着瞻仰白日飞升的盛况。岭上白云悠悠，晨间的清风拂过山林，带着丝丝的凉意却多了几分清爽，正是出行的好日子，瞧热闹的人将万寿宫外堵得水泄不通，通往万寿宫的山路上，仍然有人接踵而至。

　　晌午刚过，吴猛骑着白鹿从道观里走出来，人们自觉地后退，为他让出一条路来，怀着敬畏的心情，没人敢发出一点声响，只是将目光一齐投向了他。吴猛骑在白鹿上，表情肃穆，目视前方，眼神里似乎还有着一点忧郁落寞的气质，任由白鹿沿着山路往前走，没一会儿工夫，人们就瞧见白鹿走到紫霄峰的峰顶，迈开四蹄踏进了空中，好像是踏在平地上一样，然后一直走，一直走，直到吴猛和白鹿的身影在蓝天中再也看不清。

哦……

人群中发出一阵长长的叹息声。

这也未免太平淡了吧？比起张道陵真人升天的那个场景，真是判若云泥。张真人升天的时候，设立了黄箓大斋，连续三天三夜升坛进表，上达玄元，可真像是过节一样呢。据那些在现场的人说，升仙的当天，几十里外都能听见靡靡的仙乐，有人看见天空中突然多了许多七彩的祥云，祥云上，神兽拉着龙车和云船，天兵天将和仙童玉女紧随其后，祥云下的万事万物都被金光笼罩，只见张真人从地面冉冉升起，一直飞升到祥云上，他的弟子们排着队仰面恭送，在场的人都惊得目瞪口呆，那个壮观的景象，见过的人是一辈子也忘不了的。

而吴真人的升仙，就这么草草完成了？还有，他的那些弟子们呢，怎么连一个身影也没有见着？

说起来，吴真人在人间斩妖除魔，一直是和他的弟子们并肩作战的，他的整整一百位弟子和他一样怀着强烈的正义感和悲悯心，他们刻苦学习法术和剑术，个个身怀绝技，任何时候眼神里都闪烁着坚毅自信的光芒，对那些为害一方的妖孽从来没有手软过。

吴真人对这一百个弟子也是偏爱有加，带领他们走南闯北，除掉一个又一个妖魔。后来，吴真人渐渐地衰老，在除妖这件事上也越发力不从心，更需要和弟子们齐心协力了，比如有一次在豫章郡，一条巨蟒就是师徒共同努力才斩杀的。当时江东地区蛇害泛滥，潦江中盘踞一条绿色的巨蟒，就是倚靠吴真人作法将巨蟒引出，再由几名弟子不顾安危冲到巨蟒身上，将七星剑插进蛇头，才除去了祸害。如果没有弟子们，单靠吴猛一人，是绝无可能完成任务的。

所以，以吴真人和弟子们的感情，在升仙这么重要的事情上，怎么会是他一个人孤孤单单地完成，却没见着一个弟子在场，可真是说不通啊。

山路崎岖陡峭，看热闹的人一点点地往山下挪动，挤在人群中的一个人向他的同伴说出了心里头的疑惑，同伴露出惊讶的表情：

"你竟然还不知道吗，吴真人的弟子们都解

散了！"

"解散？去了哪里？"

"离开了吴真人，也许再也不做道士了吧。"

"这个真的不知道呢，是出了什么问题吗？"

"因为这些弟子们没有经受住吴真人的考验。"

"这样说就更糊涂了，为什么要考验他们？"

"这就要从吴真人升仙的事说起了。"

二

像是亲身经历了一样，同伴开始讲起了发生的故事。

时间回到一个月前，一天，三清的使者来到凡间，他找到了吴猛，告诉吴猛使命已经完成，准备飞升天庭。吴猛知道这一天终将要到来，并没有感到意外，而且有弟子们在人间继续他的事业，反而心里非常踏实和欣慰。

这天晚上，使者和吴猛走在山间的小路上，吴猛就把自己心里想的告诉了使者，以为使者也如同他一样，会对他的弟子们大加赞扬。然而使者并没有他那么乐观，认为在吴猛离开后，这些弟子们必然要遭受很多磨难和诱惑，将来的事，恐怕还很难说。

"也许使者并不了解我这些弟子，他们个个都是人中龙凤，将来的成就肯定会超越我。"吴猛肯定地说，对使者的质疑毫不在乎。

"真人的弟子中的确有不可多得的人才，但是一百个弟子，未必人人都那么优秀。"为了照顾吴猛的情绪，使者又补充说，"当然了，一百个人里能有那么一两个优秀的人才，那也真是福分了。"

可是吴猛并不领情，仍然坚持自己的观点，他继续说："我的这些爱徒，随我斩妖除魔，什么经历没有过？怎么会只有那么一两个才算得上优秀呢？"

"只是看到他们的脸过于骄傲——大概是跟随您一路走来，太顺风顺水了吧，我有点担心，如果您离开他们，他们还会继续那么顺利吗？"

"使者倒是不用多虑。"

"世间的诱惑那么多，也许稍不留神就有了差池，就辜负真人的培养了。"

"我想他们是不会有什么差池的。"

"真人真的觉得他们什么样的诱惑都见识过吗？"

"那么使者觉得还有什么样的诱惑他们没有经历过呢？"

"比如……"使者想了想，说，"美色？"

"哼，出家人怎么可能被美色诱惑？"吴猛一脸不屑。

"那也未必。"使者的声音很轻，并不坚定，可吴猛听上去却像是嘲讽。

"我是不会相信我的弟子连这个都不能经受得住！"

"也许在真人即将飞升之际，可以考验他们一次。如果他们真如您所说的那般，您登上天庭后也会安心，如果……嗯，他们有一些动摇，也算是您给他们上的最后一堂课了。"

使者似乎对吴猛那些坚定的回答并不认可，让吴猛非常不悦，也让他下了决心。他要让使者看看，这些弟子到底有多么优秀。

"那使者觉得，我该如何去考验他们呢？"吴猛的语气像是在接受挑战。

"这个嘛，想必真人自有办法。"使者笑着回答。

把使者送回房间，吴猛一个人静坐着，在黑夜里思索。吴猛越想越觉得使者的话别扭，质疑弟子，那不就是在质疑自己吗？过去的那么多年，他们杀恶虎，斩蛟龙，一个个奋勇争先，从来没表现出一丁点畏惧，那些妖魔鬼怪，什么法术没有施展过，还不是都被一一识破，最后都斩于七星剑下？

既然使者提到美色，那么就不妨用美色来考验弟子们，让使者好好瞧瞧他们是如何经受住考验的。他对弟子们可是百分百放心，只等着看使者心悦诚服的样子，为对他们的不信任而后悔。

第二天，吴猛一大早下了山，到了午后，他带领几个挑夫从山下担了木柴回到观中，命人将足足一百根木柴整整齐齐地码放一起，又在木柴前摆好祭坛。到了夜里，等弟子们都睡去，吴猛邀使者来到祭坛前，做了一通法后，将木柴点着，大火熊熊燃烧着，青烟在空中随风飘扬。

"且让使者看看，我这些弟子们到底能不能经受考验。"吴猛自信地说。

"真人是打算如何考验弟子们呢？"使者问。

月亮已经隐藏在山角，只映出一点亮光。一百根木柴烧到后半夜，都成了黢黑的木炭，火渐渐熄了，偶尔伴着一串噼啪声，从炭火里炸出一点火星，在黑夜里格外清脆。一阵风吹来，那些木炭突然从祭坛前飞起，径直飞向吴猛弟子们的卧室。

屋子里的小道士们四仰八叉地躺在地上，睡姿毫无顾忌。门吱呀一声开了，木炭化成一个妖艳的女人钻进了房间，而后是二个、三个……她们像风一样无声无息地钻到小道士们的身旁，像藤蔓一样缠着他们的身体，在他们的耳边吹着丝丝的凉气，把他们从睡梦中唤醒。

吴猛就是用这些变化成女人的木炭来考验弟子们，如果他们经不起美色的诱惑，与这些木炭纠缠，必然在手掌与身体上沾满炭灰，等到天明再一一检查，就会一目了然，反之就可以证明他们的清白。他把这个考验的方法告诉了使者，使者也非常赞同，答案就等着天明之后揭晓了。

三

"猜猜看，这一百个弟子里面有多少上当受骗的？"

讲到这里，同伴停顿了一下，带着令人迷惑的笑容问道。下山的人摩肩接踵，走得十分缓慢，两个人干脆站在一处稍微宽阔一点的平台上稍作休息，从这里能远远地看到山下的湖，像一块翠玉。

"多少？"

"九十九个！"

"那不是差不多全军覆没了嘛！哎呀……这可真是没有想到。"

"想想吴真人该有多么生气吧，跟随自己出生入死这么多年的弟子们，居然全都是好色之徒！"

"出来这么个结果，吴真人怕是也有些后悔吧？"

"是啊，不仅吴真人颜面尽失，弟子们也羞愧难当，自然也不好意思再追随他了，所以才会像今天这样，吴真人升仙格外地冷清了。"

"如果不在意三清使者的话，就不会有这样的事发生了，真是可惜。"

"要我说，还是吴真人在心里不信任弟子，要不然不管三清使者说什么，他都不会考验他们的。"

"你的意思是，吴真人内心其实本就有担忧，这次不过是使者的话将心里的担忧激发出来了吗？"

"就是这么个意思。"

"也许吧。"

沉默了好一阵子，山路上的队伍也渐渐松散了些，于是两个人又融进其中，继续往山下赶路，走了很久，同伴终于又叹了口气，开口说道：

"连这些斩妖除魔的道士们都经不住考验，我们这些凡人，怕是更难了。"

"哈，谁能经受得住？就算在这里过关，指不定在其他地方也会露出本性。"

"每个人都有可能在某些地方让人失望，但即便如此，就要经受考验吗？"

"你是说，不应该去考验吗？"

"如果没有考验，那些小道士仍然是吴真人心目中的好弟子。"

"可是有了考验，才能知道他们到底是什么样的人啊。"

"难道被考验的人，一定会真的经历那样的诱惑，然后把心里头的龌龊展示出来吗？好色的人未必有美色可以好，贪财的人也未必有钱财可以贪呀。"

"啊，谁能说得清呢……"

"只希望不要让我遇到这样的考验……"

这样说着话，两个人不知不觉走到山脚，回首望去，仍然有一些人落在身后，满山遍野的杜鹃花开得正旺，山的上面，云还停留在空中，却早已经不知道换了多少回不同的形状，除此之外，空空荡荡。

高手

一

建中初年，也就是大唐德宗时期，在老家学艺多年的书生韦行规第一次出远门，想见识见识这世上的高手。他去过清冷的乡野，也到过繁华的城市，只要遇上有人会武艺，就忍不住要切磋一番，可是人人都稀松平常不禁打，没有一个能让自己满意的。

"韦兄好武艺！"

"甘拜下风！"

大半年来，韦行规听到的就是这些话，高手们到底在哪呢？江湖之大，怎么还比不上老家呢？这让他百思不得其解，也感到非常无聊，也许这世上根本没有什么高手，自己才是那个真正的高手。一个人走在路上的时候，韦行规想到这点，不禁有一些得意。一只飞鸟从头顶路过，哇地叫了一声，像是赞同韦行规的想法，他从怀里摸出弹丸，也不看鸟，只是喊了一声"着"，弹丸就从手指间电光石火般飞出，那只鸟闷声从空中坠落下来。

干脆利落，一击即中，这不是高手是什么？

有一天，韦行规骑着马往汝州方向去，他从清晨走到晌午，一路上空空荡荡，竟没有见到一个活人，不免寂寞无聊。到了下午，官道上总算出现一个骑着匹白马的胖和尚，这个和尚约莫五十岁，长得肥头大耳，脑袋和脖子都快连成个圆桶，两眼贼溜溜似有满腹心机，看着就不像是个守清规的佛门子弟，但是韦行规已经大半天没说上一句话了，有个谈伴至少比一个人默默赶路要多点乐趣。

听闻韦行规出门是为了寻找高手，和尚便说自己对武艺也略懂些皮毛，韦行规立刻来了兴致，就和和尚谈论起来，果然和尚无论对刀剑还是弓矢都颇有见地，让韦行规大为欢喜。两个人边走边聊，沿着山路走了一程又一程，直到太阳落在不远处的山峦下，在山与云之间映出一层金边，很快就要天黑了。

"从这里再走几里路，就是贫僧的寺院，郎君能否屈尊一往呢？”和尚用他胖乎乎的手指指着前路，山路曲曲弯弯，尽头淹没在丛林里。

“正好可以继续向大师讨教。”韦行规在马上拱拱手说。

两个人又走了十多里，绕过了半座山，此时夜色苍茫，山风习习，衬得世界幽静，又有些说不出的诡异，而和尚所说的寺院仍然没有半点踪影，让韦行规不得不起了疑心。

“大师说的寺院，不知道还有多远呢？”韦行规问。

“就在前面了，”和尚又往前一指，远处影影绰绰地又出现一座山，“绕过前面那座山，山下有一个小村庄，贫僧就住在那里。”

韦行规无奈，只好随着老和尚又走了一程，可是仍然没见到和尚说的寺院，黑夜里不辨西东，四处望去也见不着一处灯火，韦行规疑心更重，他料定和尚不是什么好人，可不管是什么来头，绝不能在这地方吃了亏。他悄悄从靴子里取出弹弓，又把十多枚弹丸握在手里，这才责备起和尚来：

“弟子赶路也得有个限度，先前是和大师聊得投机，才接受大师的邀请，现在已经走了十多里路，还在这荒无人烟的山野之中转悠，是什么原因呢？"

"郎君少安毋躁，夜间的山路不好走，所以我们速度慢了些，还请受累再随贫僧往前，我们边走边聊，不出半个时辰就可以到。"和尚有些歉意地说。

现在韦行规是万万不肯再上当了，他放慢马速，落在和尚的身后有几十余步，朝着和尚就射了一珠弹丸。韦行规心想，这一击如果照着和尚的要害，和尚必定丧命，他和和尚无冤无仇，即便和尚不是个好人，也没必要杀了人家，于是就手下留情，只是射向和尚的肩膀，先把他打下马来再说。

黑夜里弹丸发出细小的声音，像是一只虫子突然飞过，可和尚就跟没事人一样，继续朝前赶路。韦行规心里一惊，又照着和尚的后背连续射了几珠，和尚仍然毫发无损。这下韦行规更吃惊了，心想今晚是遇到了高手，也管不了那么多，朝和尚的后脑勺准备再来一弹。

这时和尚突然转过头来，一边说话一边在浑身上下乱摸，好像挠痒痒一样。

"郎君不要再恶作剧了，刚才是不是用什么小石子砸贫僧？这黑灯瞎火的，容易砸到脑袋，贫僧可不想脑袋开瓢儿。"

韦行规只好把弹弓收起来，虽说前面射的几珠弹丸没有用上十足力气，可也不至于对和尚毫无作用，这胖和尚一番动作，让他又吃惊又感到被侮辱，脸上火辣辣的，也不知该怎么搭话了。

和尚像是看出韦行规的心思，又说："知道郎君怀疑，好叫郎君放心，贫僧其实是个强盗，不过并没有打算抢劫，也不想伤害郎君。这一路和郎君十分投缘，让贫僧萌生一个想法，尽管有些唐突，但贫僧是个厚脸皮的人，还是要把这些话说出来。"

二

和尚说，他是二十岁那年上山落草的。那时还是肃宗在位，安史之乱刚刚平息，又迎来藩镇割据，世事如风云变幻，日子艰难，和尚除了会些拳脚，再没别的本领，不得已才当了强盗。起初是单枪匹马，之后又结拜了几个兄弟，聚集一众喽啰，队伍越做越大，几十年来打家劫舍、杀人越货的事当然是干了不少，虽然每天吃肉喝酒随心所欲，可终究免不了担惊受怕，毕竟这种生活谁知道意外会哪天来临呢？如今上了岁数，没了年轻时候的锐气，心肠也变得软了，再也不想干打打杀杀的勾当。

和尚想着从此跟过去一刀两断，踏踏实实地安享晚年，很不幸，有一个人却成了他金盆洗手的阻力，叫他格外头疼，就是他的儿子飞飞。飞飞是十几年前跟抢来的一个女人生的，像极了年轻时候的自己，天不怕地不怕，有一股狠劲儿，这要是做起强盗来，那还不是个祸害吗？自己都要金盆洗手了，哪能让飞飞重蹈覆辙呢？

可飞飞年纪轻轻，武艺却很高强，兄弟们不是他的对手，连和尚也拿他没有办法。好几次趁飞飞不注意，和尚从他身后突然使出一拳，打算把飞飞打死。这一拳打过去，就算是一头牛也活不了命，飞飞却一个侧身就躲了过去，还没有等和尚的第二拳使出来，飞飞已经蹿到墙头上了。

倒是自己没运好气，胳膊差点脱臼。

"老了，老了。"和尚在心里叹气。

"你是打算杀我吗？"飞飞坐在墙头上咧着嘴笑。

"留着你就是祸害。"

"我可是你的亲儿子，虎毒还不食子呢。"飞飞仍然咧着嘴笑，对和尚要杀自己的事一点也不生气。

"你等着！"和尚没好气地说。

和尚觉得这事没有解决，那在金盆里怎么洗手也是白洗，这种感觉就好像手指里扎进去一根刺，怎么也拔不出来。和尚是一根筋，不拔出来就吃不好也睡不香，所以无论如何飞飞是要被杀掉的。

自己动手是解决不了了，兄弟们也指望不上，和尚搜肠刮肚，想不出江湖上还认识什么高手，于是这根刺就一直扎在手指里，成了一块心病。

和尚很烦闷，他决定还是出去走走，哪怕找个人聊聊天也好。就这样，他每天在山道上等待着，每遇到一个人，就与人家同行一段路程。有时候聊着聊着，觉得非常无趣，就找个理由和人分道扬镳。有时候心情不好，听人开口讲几句，就感到厌烦，把人揍一顿才解气，在山下的一个多月里，他已经揍了五六个人。

"都是些蠢货！"和尚气得大骂。

和尚对找人聊天也越来越不抱希望，出于习惯，他还是每天都出门走走，毕竟在家里更觉得烦闷。今天他在这条官道上从清晨转到下午，觉得有些饿了，他正盘算着去哪里吃上一顿，却听见远远地传来马蹄声，嗒嗒嗒嗒，每一声都像是敲打在他的心坎里，声音逐渐高昂，马蹄声越来越近，他抬眼望去，看见韦行规骑着马来了。

三

说完这些事，和尚又挠了一会儿痒痒，继续说道："贫僧行走江湖这么多年，干着刀口舔血的买卖，见过的人形形色色，真正让人心悦诚服的寥寥无几，今天和郎君这一路相伴，才发现世上天外有天、人外有人。"

韦行规被和尚这样的奉承话捧得心头荡漾，有些飘飘然，虽然嘴上客气几句哪里哪里，但却极其受用，对和尚的好感又多了一分。

和尚继续说道："所以我才想请郎君为贫僧杀掉儿子，以绝后患，虽然是不情之请，也实在是不得已啊。"

"啊？这实在太突然。"原来夸了半天，居然是为了帮他杀人，这老和尚狡猾得很呐。韦行规当即拒绝道："弟子今天第一天和大师认识，前后也不过几个时辰，大师却叫弟子去杀大师的儿子，这也未免荒唐了些，恐怕很难从命。"

和尚见韦行规不答应，还是不肯放弃，说："那郎君至少帮贫僧教训一下小儿，也让他知道深浅，我制伏不了他，有人能制伏，以后有想做坏事的念头，他也不敢妄为，这也算是功德一件了。"

韦行规想了一想，问道："令郎做过什么坏事吗？"

"暂时还没有，不过，他毕竟是一个强盗的儿子。"

"可是强盗现在也要金盆洗手了啊，为什么不觉得儿子也会向善呢？"

"这个……终归是防患于未然为好啊。"和尚说。

韦行规心想那你应该趁他在襁褓时就扼杀掉啊，也省去了麻烦，不过他没有说出来。两个人并辔继续向前，旷野在黑夜中看不到边，一僧一儒仿佛行走在半透明的黑幕中，除了偶尔马发出的响鼻声，再没有别的声音。两人在这寂静中各自想着心思，过了一会儿，韦行规还是忍不住问道：

"令郎真的武艺很高强吗？"

"说起来有些怪异，贫僧这个儿子从小就被山中的白猿掳去，几年后又送了回来，想不到短短几年时间，他就学了一套深不可测的武艺，完全不像世上任何一个门派，反而类似于猿猴的动作。贫僧没有贬低郎君的意思，如果郎君和他动起手来，真得打起精神，要不然胜负恐怕也难说。"

"是吗。"韦行规轻轻地应答，又继续沉默着。

两个人又约莫走了半个时辰，终于见到前方有了亮光，几十个人举着火把把黑夜照得通红，连同火把后面的村庄也被照得清清楚楚。和尚这才又开口说话：

"郎君，这是贫僧的义弟们来接我们了，后面那个村子，就是贫僧的地盘。"

和尚没有骗韦行规，村子后面真的有座寺院，只是这里并不吃斋念佛，而是成了强盗们的聚义厅。韦行规环顾四周，看得出这寺院已经有些年头，但并不算破旧，大概一直都是和尚和他那些义弟们的据点吧。

晚宴十分丰盛，两个小喽啰抬上蒸牛犊，牛犊上插满了刀，是预备给大家大块吃肉的。围绕蒸牛犊的四周，又摆满菜和饼，还开了两坛珍藏的好酒。和尚把韦行规请到上座，又让几个义弟一一上前拜谒，向大家好好介绍了一番韦行规。

和尚说，韦行规是自己平生见过最厉害的高手，年纪轻轻已经登堂入室，韦家剑法独步天下，又擅长一手投石技艺，前无古人，后无来者，射虱如射马，黑夜里三丈开外把虫子射死还是射成残废，全凭心意，如果哪个要是成了韦行规的仇家，那可是倒了八辈子血霉。

韦行规也不知道这和尚是在夸他还是在讽刺他，他来不及细想，那些义弟们就一齐夸赞，说着幸会幸会，一定要找个机会让弟兄们开开眼之类的话。他只好向大家拱手，说不过是一些雕虫小技，大师说得实在夸张。韦行规一谦虚，这些人就夸得更猛烈了。

和尚又让人把飞飞叫到了聚义厅，飞飞只有十六七岁，非常瘦弱，穿着长袖的绿色衣服，皮肤细腻光滑，他两眼直勾勾地盯着韦行规，嘴角始终挂着笑，说不出是轻蔑还是友善，看得韦行规心里头有些毛毛的。韦行规觉得他的举止确实有点不同寻常，像只不安分的猴子，也没有过多表示，就对飞飞微微点头示意。

和尚指着韦行规，瞪眼看向飞飞，厉声说道："这可是天下第一等的侠客，也是老僧最好的朋友，特地邀请来收拾你，我看你的好日子也是到头了。"

"想不到为了我费这么大心思。"飞飞又笑了一下，说，"人家都说外来的和尚会念经，阿爷一个和尚，却也相信外来的书生。"

和尚被飞飞说得脸似乎有点红了，顿时觉得丢了面子，他不再理会飞飞，只是一挥手，让他退出大厅。飞飞临走前又撇了撇嘴，用似笑非笑的神情看了一眼韦行规，韦行规不想和他对视，只是扫了飞飞一眼，就看向其他地方了。

飞飞退下后，和尚站起来端起酒杯，正色说："诸位贤弟，你们都知道我退隐的心意已决，唯一的阻碍就是飞飞。今天我很幸运，郎君已经答应我要用尽全力杀了飞飞，不要让他成为我的拖累，来，大家先敬郎君一杯。"

韦行规心想："我什么时候答应了？这就给我做

主了？"

　　他刚打算辩解，大家的酒杯就已经举起来了。

四

　　那晚之后，飞飞的身影总是浮现在韦行规的脑子里，他很难将这只小猴子跟高手联系在一起，不过是一个十来岁的精瘦崽子，怎么就是高手了？莫不是和尚吹牛吧？又嫌弃飞飞继续做强盗影响了自己的归隐，又卖力吹嘘飞飞有多了得，和尚作为父亲的心理，可真是奇怪呢。

　　之后又在村子里见过好几次飞飞，他始终带着笑直勾勾地看着韦行规，也不搭话，看了一会儿就扬长而去。这副模样让韦行规十分别扭，恨不得立刻上前教训一顿。直到有一次，飞飞突然像鬼魅一样出现在韦行规面前，又像往常一样看着他，正当韦行规想努力做点回应，飞飞却一个平地跃起跳到一棵树上，扯着树枝当作秋千，荡到一处墙头，瞬间就不见了。韦行规心头一惊，果然和尚说得没错，飞飞真有那么两下子，在韦行规看来，飞飞这样做，像是更赤裸的挑衅。

因为见识过飞飞的手段，韦行规不得不重新考量，他想，和尚明明武功高强，连续挨我几珠弹丸就像挠痒痒一样，却说飞飞武艺又在他之上，那到底有多高呢？但是他又想，在路上偷袭老和尚也是手下留情，没真的用力气，如果用全力，和尚那光溜溜的大胖脑袋上恐怕早就留下七八个大窟窿，以后再也没有机会想金盆洗不洗手的事了。至于那个飞飞，像猴子一样荡了次秋千，就能把他吓唬住了吗？就算真有能耐，那比画比画不是更好？从老家出来就没见过高手，能在这碰上，不试试那多遗憾？要是飞飞是个绣花枕头，那就好好地教训他，那小眼神一副目空一切的样子，看着可真讨厌，不把他揍哭他是不会长记性的。

想得越多，韦行规就越有要比试的冲动。

当然杀人这种事，他肯定是不干的，他可不是杀人狂，更不会为了一个刚认识的人去做这种事。

韦行规对自己的武艺还是非常自信的，他从小学剑，一套家传的剑法舞动起来，一只剑好似千只剑，要是跟人动手，恐怕对手连剑影都看不到。

除了剑术，韦行规还向云峰观的虚照道人学习眼观术，把自己的眼睛训练得如同鹰眼一样敏锐，白天五丈以内，黑夜三丈，哪怕再细小的东西，无论速度多快，眼神一瞟就能看得真真切切。

练就这样的眼神是为了配合他的弹弓术，韦行规最为得意的，就是他出神入化的弹弓术了，用弹无虚发、百步穿杨这种陈词滥调来称赞简直太过于低级，总之超出常人想象。他专门跟阆州慈恩寺的僧人灵鉴定制弹丸，灵鉴制作弹丸配方独特，用的是洞庭湖沙岸下的泥土，混合炭灰、瓷粉、榆皮等等九种原料，做成一红一黑两种弹丸。红色弹丸击中目标后就会炸裂，饶是一棵合抱的大树或者一堵墙也会被射出一个大窟窿，而另一种黑色弹丸，却是极其细小，要是对着谁射上一弹，对方可能毫无感觉就一命呜呼，若不仔细检查，死也查不出伤口，以为是突然犯了什么病呢。

"真要打起来，恐怕老和尚和小飞飞加起来也不是我的对手。"韦行规这么一盘算，自信又回来了，现在唯一有点伤脑筋的是，到底打飞飞要用几成功力？

五

这样又过了几天，韦行规和飞飞动手的决心终于定了下来。这天晚上，在筵席上和尚又提起了让韦行规教训飞飞的请求，于是韦行规就顺水推舟，说："那就恭敬不如从命了！"

见韦行规答应了自己的请求，和尚自然高兴，于是一脸诚恳地说：

"请郎君一定不要留情面，帮我好好收拾这逆子。"

"大师放心，我知道分寸。"

等到筵席结束，和尚把韦行规领到后院，院子的四角都点着火把，照得院子如同白昼，飞飞拿着一根短马鞭站在院中间，依然挂着微笑看着韦行规。

大家都挤在走廊上，这些做惯了强盗的人，自从大哥要金盆洗手，大家一下就失去了方向，日子也淡出了鸟来，见到和尚带回来韦行规，心里难免五味杂陈，要是真的连飞飞也杀了，那么以后就没人再敢忤逆大哥的想法，只能乖乖收起心思，永无休止地这么枯燥无味下去了。

此刻聚义厅外安静得没有一点声响，人们完全没有作为看客的松弛或兴奋。韦行规就在一片安静中缓缓走到院子中，离飞飞不过一丈开外，他看着面前这个还没有成熟的孩子，突然有了一点怜悯的心情。

"郎君，动手吧？"飞飞笑着对韦行规说，像是期待已久。

韦行规点头，说了句"承让"，一珠弹丸就射了出去，心想必中无疑，可是飞飞只用马鞭轻轻一挥就将弹丸挡开。

"请继续。"飞飞又笑着说。

飞飞的笑脸加上说话的语调，让韦行规立刻就尴尬起来，他屏住呼吸，用更快的速度又射出一枚弹丸，这回飞飞向后一退，人已经站在墙角，就听见砰的一声，弹丸射中花坛，把花盆射得碎成几片。

这下韦行规更加尴尬了，接连射出几枚弹丸，又都被飞飞一一化解。那些弹丸被飞飞手中的马鞭挥得四处乱飞，吓得大家抱头蹲在地上，院子里花盆的碎片像是炮仗一样腾起又落下，枪架轰然倒地，水缸也裂开大口，积水哗地流淌一地，而飞飞已经跃到梁上，沿着墙壁凌空游走，像只猿猴一样敏捷，仍然毫发无损。

"哪里走！"韦行规提起手中的剑就去追赶飞飞，飞飞忽前忽后，忽左忽右，像是逗韦行规玩一样，始终距离韦行规不到一尺远，可是就算韦行规再怎么努力也伤不了飞飞半分。两个人一会儿蹿到房顶，一会儿又落到平地，黑夜里就见两团黑影总是保持一段距离，像是玩起了猫捉老鼠的游戏，真让人眼花缭乱。

韦行规和飞飞斗得激烈，和尚却不知不觉流了一身的汗。起初，他巴不得韦行规三下五除二把飞飞制伏，可是越往后他越揪心，竟担心起飞飞来。他见韦行规似乎杀红了眼，用足力气将飞飞手中的马鞭削成几截，有些后悔请韦行规做这事了，只是希望能够早点结束，于是在院子里高声喊道：

"郎君，下来休息会吧！"

那时韦行规已经是强弩之末，看家本领全都使了出来，连飞飞半分都没有伤着，又累又沮丧，要是再继续下去都不知道该如何收场了，听和尚一喊，顺势就从房顶上跳下来，向和尚拱手说：

"令郎果然不同凡响，今天终于见识到高手，弟子是开了眼了。"

六

回想起来，韦行规虽然并没有杀飞飞的心，那飞飞也未必拿命来搏，所以各自留了一点余地，只能勉强算是打了个平手，但当时那个情况，韦行规明明已经是打急了眼，却讨不了一点便宜，更何况飞飞还是个孩子，真是没有颜面。

想到飞飞那副模样，韦行规更加感到别扭，本来从老家出门，不过是为了见识天下的高手，输赢并不是一件重要的事，可是他没想到居然被这样一个年轻的孩子戏耍，实在心有不甘，第一次尝到挫败感，不由得胡思乱想。

这事过后，和尚倒是没有说什么，反而心情大好，每天仍然好酒好菜招待，又和他继续谈论武艺。飞飞好像也非常识趣似的，再也没有出现在他的面前。他每天和大家喝酒吃肉，尴尬的心情总算慢慢地放下，就再也不去想那天晚上比试的事了。

又住了几天，韦行规向和尚告别，用过早饭，和尚把韦行规送到路口，两个人洒泪而别。韦行规牵着缰绳一直往前走，等他再回头，和尚的身影已经变得很小很小，起初还能看得到挥手，再后来就只剩一个小黑点，渐渐融化在他身后的景色之中。

送别了韦行规，和尚一下子觉得心里空落落的，兄弟们照旧赌钱玩游戏，又照旧打了几次架，飞飞仍然嘴角挂着笑，偶尔出现在和尚的面前，和尚也懒得偷袭他了。原本他一直想着杀掉飞飞，从此可以安心地金盆洗手，可那天晚上韦行规真的和飞飞动起手来，他表面上泰然自若，心却都提到了嗓子眼，生怕飞飞有什么闪失。那一刻他才明白，一个人怎么可能真的狠心杀掉自己的儿子呢？只是这些话他没好意思跟韦行规说，当然更没好意思跟飞飞说。

和尚想那就这样吧。

他想要不就选个好日子金盆洗手，选来选去也选不出满意的，只好又到山道去等人，希望还能再碰到个像韦行规一样有趣的，可每回都失望而归。白天，和尚在山道旁坐着，坐得久了，犯起困来，就靠着一棵树打盹儿，这个时候四下里寂静无声，风轻轻柔柔地吹拂着，舒服极了。过了一会儿，一只苍蝇绕着圈在他的脑袋四周飞舞，那嗡嗡的响声一会儿在前一会儿又在后，像故意不让他舒服一样。和尚闭着眼，想象着有根长长的会发声的绒线，在脑袋上绕了一圈又一圈，于是和尚的脖子上就不是一个脑袋，而是顶着一坨大线团。他的脑袋本来就又大又圆，这下更怪异了，他感到厌烦，手一抬，苍蝇就死在两指之间。

"哎呀罪过罪过，又杀生了。"和尚随即在心里念道。他把苍蝇从指间弹出去，又继续望着远方，什么也不做，最后终于睡着了。

七

和和尚分别后，路过一处村庄，又在一个箍桶老人的客店喝了几碗酒，马也吃了一回饲料。到了傍晚，他想继续赶路。箍桶老人提醒说，前面几十里没有人家，这一带强盗很多，走夜路容易碰见。可是韦行规没有理会，心想我刚从强盗窝里出来，还怕什么强盗不成？他谢过老人的好意，还是上了路。

走了一个多时辰，夜幕降了下来，韦行规觉得腹中饥饿，连吃了两个饼，坐在马上摇摇晃晃，差点要睡着。荒野好像无边无尽，怎么也走不完，迷迷糊糊中他似乎听见身后的草丛中有什么动静，一转头，什么也没有，可是寒意却突然袭来，让人感到脊背发凉。

韦行规一下清醒过来，心想莫不是自己吓自己？呵，就算真有什么，那也是自讨苦吃。这个时候天愈发地黑，月光下，眼前的路像是一条模糊的白线伸向看不见的远方。韦行规继续往前走。身后草丛里的动静更加响亮，像是疾风贴着地面在草丛里吹一样。

"什么人？"韦行规已经把弹丸握在手上，照着草丛摇动处就是一发，那力道就算是射中一只老虎也要透心凉。只听见叮当一声，弹丸在草丛中像是撞击到什么金属上，夹着火星弹了出来，于是韦行规跟着又是一发，照样被弹了出来。

连续两枚弹丸都被化解，让韦行规有些心慌，他一边拍马往前跑，一边把一把弹丸全都抓在手上，身后的草丛仍然不断晃动，一团黑影紧紧跟随，韦行规判断不出草丛里到底藏的是人还是其他什么东西，只能听见刺刺啦啦的摩擦野草的声音，汗毛都竖了起来。他看准机会，把手中的弹丸全部射了出去，十几珠弹丸像雨点一样扑向黑影，可是仍然无济于事，草丛中突然多了一道旋转的光，把那些弹丸撞得向四面八方乱飞，噼里啪啦地射中大树，惊得宿鸟从树冠中冲向夜空，在寂静的黑夜里留下声声怪叫，久久不能散去。

"好手段！"黑夜里一个稚嫩的声音喊道。

"你是谁？"韦行规听着这声音似乎有些耳熟，却一时想不起来。

慌乱中韦行规想起来身上还有几珠保命用的红色弹丸，他从胸口取出一珠，胡乱地朝夜色中弹去，弹丸又撞击到什么东西上面，砰的一声，炸出一串火光。接着雷声响起，两道闪电像纤细的望不到边的银色的腿，从遥远处三步两步跨了过来，在韦行规近旁把一棵树生生劈开，马被惊吓得一跃而起，把韦行规掀到地上，树叶和碎树枝纷纷落下，铺天盖地的，要把他埋住。

韦行规知道离死不远了，可是到死都不知道这个和自己交手的人是谁。这太难堪了，他闭上眼四仰八叉地躺在地上，一死了之和祈求饶命的念头在脑子里来回交替。

"韦兄，得罪了！"

韦行规在失去意识前听到那人说了一句，然后声音越飘越远，雷声和闪电也收住，一切就此停止。等他醒来，他听见头顶上树枝轻轻摇动的声音，马正仰着头啃着树叶，他躺在地上等了一会儿，再没有发现任何其他的动静。晨曦透过被昨晚雷电劈成半秃的大树，在树林里映出一片稀薄的白，鸟也咕咕地叫着，一只蜜蜂从身边飞过，又扇动翅膀飞走。韦行规躺在地上，沮丧地想，该回老家了。

钻
画
记

大唐德宗年间，有个名叫柳成的，在崇文馆做裱画的工匠，他三十出头，留着一撮山羊胡子，平日里少言寡语，是个极其普通的人。柳成住在长安城的某个坊内，清晨，他吃完早饭步行到崇文馆上班，一天结束后，又步行回到家里。每隔几天他会去相熟的张记食铺买一点羊肉，吃一顿好的，算是犒劳自己，到了休息的日子，会约上仅有的一两个朋友相聚，喝酒聊天。如果因为什么原因，在什么场合和某个年轻的姑娘聊上几句，能让他回味好几天。他是个单身汉，年纪又大，人也穷困，崇文馆那点微薄的薪资除了应付日常的生活和在长安租一间屋子，就所剩无几了。难得有几次，有热情的大娘给他介绍相亲，最后也是无疾而终。如此平淡的日子就是他全部的生活了。但在柳成的内心里，总是渴望着能发生点什么事，让这半生碌碌无为的时光中有那么一点闪光。

柳成这样想着，居然有一天渴望成了真，只不过事情实在太荒诞，完全超出他的意料。一天下午，正在工作的柳成掉进了一幅《雪溪图》里，是的，活生生的一个人，竟然掉进了一幅画里。那时正值酷暑，三伏天刚刚开始，柳成衣着单薄，一头扎进《雪溪图》远景的一个小山坡上，山坡被皑皑白雪覆盖，他整个人都趴在雪地里，刺骨的冰冷浸透全身。

"这是怎么回事？"柳成想，这可不是做梦。大概是头天晚上没睡好，这一天柳成晕晕乎乎，在给《雪溪图》裱画时困得睁不开眼，只是机械地拿着棕刷刷浆，想不到一闭眼的工夫就来到另一个世界。寒风呼啸，吹得柳成的衣服很快结冰，他想着必须立刻离开这里，否则就会被冻死。他观察四周，山坡下是一条宽阔的河流，河面上有两个男人正撑篙行船，在河的对岸，有几处房舍，隐隐地能看到一些人在移动。他在脑子里迅速想到《雪溪图》的全貌，心想可以往画的边缘跑，也许能跑出去，事实证明他的想法是对的，真的从画里回到现实。

　　柳成始终百思不得其解，他觉得如果不是做梦，那一定是身体出了什么问题，因为最近总是浑身乏力，心情也很低落，也许人容易出现幻觉。他去医馆配了些药，又请了几天假，感觉身体似乎好了一些，这才重新回去工作。可是这件事一直在柳成的心里盘踞着，他常常有再进一次画里的冲动，想证明一下到底是真的还是幻觉，但随之而来的担心又笼上心头，万一真的进去出不来了怎么办，难道在画里生活一辈子吗？两种矛盾的心理纠缠着，让他始终不敢付诸行动。

　　有一天，馆里送来了展子虔的《游春图》，画中青山叠翠，绿水融融，仕女泛舟湖上，游人驻足岸边，一派春和景明的气象。这让柳成又蠢蠢欲动，就算回不来，活在这里也不错，于是把心一横，照着画就一头撞去，果真又进到画里。

　　芳草萋萋，春天的气息扑面而来，顿时让柳成心旷神怡。和第一次误入画中急着逃离不一样，这次他在画中逗留很久，他坐在一座小山坡上向远处观望，脑子里神游万里，竟迷迷糊糊地睡着了。等他醒来已经到了黄昏，趁着没人瞧见，又按照原来设想的从画的边缘走了出来。

说到这里，就要解释一下柳成是如何进入画里的，其实并不复杂，既没有咒语，也不需要使用什么神力，只是闭上眼睛想象要进入画里的哪个位置，以头抢画，就这么进去了。不过柳成在进入画时，嘴里还是默默念叨着"我要进去，我要进去"一类的话，也算是给自己一点心理暗示。而到了画中，那些原本只是笔墨勾勒出的形象，竟然成了真实，柳成身在其中，也没有感到违和，成了画中世界的一部分。

柳成每天的生活差不多是千篇一律，没有遇到过意外，也没碰见过神仙，身上也没有什么部位变异，实在想不明白怎么就突然有了这个神奇的能力，但柳成尽量不去想原因，只当是老天给自己的礼物，这成了他的秘密，一处在普通生活中平添快乐的源泉。

在此之后，柳成又陆续进入许多画里，崇文阁这样的近水楼台给他无尽的便利。在往后孤单的日子里，他总是事先挑选好一幅画穿行其中，有时候是短暂的休憩，有时候只是为了感受一下画中的场景。如果遇见特别感兴趣的画，他也会备足干粮，在画里住上几天几夜，算作远足。

比起在真实环境，在画里的游乐会更为方便舒心，因为对要到达的目的地很清晰，知道哪里有山林丘壑，哪里有亭台楼阁，哪里又有人家，会遇见什么人，而当中途想要离开，只需要就近走出画外就可以。在决定远足之前，他会先设定离开的线路，再按照原画画一个简易的草稿当作参考，这样在进入画里以后不至于迷路。

唯一没有考虑周到的是，柳成是在工作期间偷偷从崇文馆跑到画里的，也就是说，一个人明明正上着班，转眼就不见了，而且连续几天都见不着人影。这让上司十分恼火，认为其中的原因只能是消极怠工，简直无法无天，于是警告要辞去柳成的工作，柳成只得胡乱编一些理由，又幸好同事们帮着求情才算无事。

但这并没有让柳成收敛，只是在决定穿进画中时，想得更加缜密周到。他的胆子越来越大，甚至还会顺手牵羊，从画中带点东西回到现实。比方说吃的用的，还从画里抱走一只猫，牵走过一匹韩幹画的马，有一次还想约一个美人回家，但被美人拒绝了。

这种肆无忌惮的行为，终于出了问题。一天，柳成在库房里见到小李将军的《明皇幸蜀图》，画的是安禄山攻陷潼关之后，玄宗被迫西逃前往四川的情景。画中群山直插青天，云雾在山峰缭绕，玄宗一行人虽然狼狈逃亡，但蜀地的风景却深深吸引着柳成。柳成从来没有去过四川，曾经读李太白那首《蜀道难》时就对蜀地非常神往，不禁心痒难耐，又动了到画里走一趟的念头。

这次他做好充分的准备，预计旅程至少需要七八天时间，就先向上司告假，谎称家里有急事，必须要回老家处理，得到上司同意之后，柳成才选择一个无人注意的时刻穿进了画里。

然而，刚到蜀地的柳成还没有来得及领略秀美风景呢，就听见有人大喊一声"贼兵来了"，安禄山的叛军突然在山谷里出现，也不知道有多少人，只见漫山遍野都是旗帜在招展，喊杀声在山谷里回荡，那声响好像一头巨兽对着一口大瓮在咆哮。从四面八方冲出来的叛军杀得唐军措手不及，哭爹喊娘，仓皇中有人喊着："保护皇上，护驾！护驾！"

柳成哪里料到会有这种情况出现，幸好他穿进画中的位置在山脚下，还没走多远，于是赶紧掉头朝着画的边缘跑，可万万没有想到，在他附近厮杀的十几个双方的士兵，一追一赶也跟随柳成的路线跑出了画外，全部跌落到库房里了。

库房里放满古往今来的名画，这些画安安稳稳地摆放在木架上，木架整齐有序地排列，只留下行走的通道，突然间这么多士兵跌落进来，立刻拥挤得连脚都迈不开。双方的士兵胸脯贴在一起，脸挨着脸，彼此呼吸着对方喘出的粗气，自然也没办法再动手厮杀。一匹驮着辎重的黑色的马夹在他们中间也动弹不得，把长长的脖子架在画架上，一副生无可恋的样子。

"我们这是在哪里？"士兵们张望四周，惊慌失措地问。

"这是……啊……这里是库房。"柳成震惊得语无伦次。

"什么库房？我们怎么会在这里？……你别挤我！"

"这……我也说不清。"

柳成根本不想再搭理这些人，他是第一个跑出来的，离门口又近，赶紧先跑了出去。他的头皮发麻，心快跳到嗓子眼了，这情景要是被人发现，不仅解释不清，而且后果不堪设想。这些士兵想跟着跑，可是就像没有和好的面疙瘩一股脑儿倒进锅里那样，都纠缠在了一起，谁也没办法独善其身。那匹黑马被夹得实在难受，使出浑身力气一跃而起，甩掉背上的辎重，木架一个接着一个地倒下，砸伤了好几个人，也腾出了一点空间，慌乱的双方士兵也顾不上多想，一窝蜂地要冲出去。不过闻声而来的羽林军早已经来到门口，把他们全部堵住。

这些从画里跑出来的士兵被认定为刺客，全部押进天牢，尽管遭受严刑拷打，仍然没有拷问出他们的身份和目的。他们只是不断地重复是皇上或者安禄山的士兵，是在进川的路上跑散的，谁也说不清为什么会在这里。可四川离长安十万八千里呢，现在又是贞元年间，安史之乱早已经过去几十年，这些人简直谎话连篇，不见棺材不掉泪。

大理寺又派遣一名酷吏，打算用尽一切办法要让这帮人说出实话，可是打开牢门，发现那些士兵全都不翼而飞，地上留下一摊的墨汁！

那几天人心惶惶，都以为是闹了鬼，坊间偷偷流传了各种各样的谣言。朗朗乾坤，这种事情竟然发生在皇城，一群来历不明的人手持利刃，不知道企图，又突然不见踪影，怎么不让人担忧？朝廷非常愤怒，下令一定要查个水落石出，可活不见人，死不见尸，大理寺的人查来查去，没有一点线索。

柳成因为事先请假，并没有成为怀疑对象，算是躲过一劫，但也吓得要死，如果那些士兵要是招供还有他这么个同伙，恐怕连命也保不住了。他下定决心，以后再也不穿到画里去了。

柳成老实了很长一段时间，每天规规矩矩地上着班，又过上和从前一样的日子，唯一的乐趣被这样剥夺，难免心里非常失落。可一想又实在后怕，不得不时刻警示自己不要再鲁莽。

如果不是因为一场意外，可能柳成永远也不会再用上他的异能。

那是从蜀地逃出来的半年后，刺客事件成了一桩悬案，也无从下手。

没有人再愿意花心思在这上面了，皇上愤怒归愤怒，也毫无办法，只好惩罚了一些人，又加强了警戒，算是稍微平息了怒气。这样，渐渐地再也没有人提起了。

　　中秋后的某一天，朋友带着柳成去参加一个聚会，主人名叫冉从长，是个轻财好客的将军。柳成听说过他，从来没有见过，就跟着朋友去了。那天的氛围也很好，热热闹闹的，冉将军听说柳成在崇文馆裱画，也客套了一番，说了一些将来可能还要劳烦柳先生裱画一类的话，又趁机打听了一些馆里的事，询问柳成和某某画师是不是很熟悉，两人聊得十分投缘，让柳成受宠若惊。

　　唯一让他觉得尴尬的是，在大家玩行酒令的时候，他不会作诗，支支吾吾一个字也说不出来，只好连饮了好几杯，觉得头重脚轻，有了醉态。冉将军倒没有说什么，可是席间一个郭秀才却咄咄逼人，时不时讥讽几句，露出一副穷酸文人的刻薄相，让柳成非常难堪。

　　筵席过后，宾客中一位画师宁采为冉将军献上一幅《竹林会》，画的是竹林七贤饮酒纵歌的场景。画卷展开，众人围拢赏画，纷纷夸赞宁采画得好，柳成自然也跟着说几句恭维的话，可是这个郭秀才偏偏又出言讥讽。

　　"柳先生也懂画吗？"这个郭秀才轻蔑地说。

　　"柳先生可是在崇文馆工作，每天都与书画打交道呢。"有人打圆场说。

"那也不过是个裱画的匠人，未必真懂吧？"

柳成气不打一处来，觉得人格受到了侮辱，这个人处处针对自己，一定要给他点教训。再加上喝了酒，又容易激动，于是当即就说，虽然他不过是个裱画的匠人，但每天耳濡目染，也略知一点皮毛，这幅画画得倒是很好，但是缺乏意趣，尤其是坐在中间的阮籍画得无神，他可以略施小计，不用笔墨，直接到画里现场改动，就能让画更加精彩。

大家当然不信，以为是说的醉话。郭秀才还跟他打赌五千钱，柳成自信满满，腾空一跃就钻进了画里，在座的客人无不大惊失色，他们在画上一阵摸索，可是什么也没有。

"郭先生，现在看出问题了吗？"一阵声音从画里传来。

听见柳成的声音，郭秀才心惊胆战，他快把眼睛贴在画上，还是找不到柳成，也看不出个所以然来。画里的柳成从竹林里捡起一根竹条，照着郭秀才的头狠狠敲了一下，疼得郭秀才抱头大叫。过了一会儿，柳成跳出画外，又出现在大家中间，这一进一出，加上郭秀才的挨打，实在是过于神奇。

"大家请看，这幅画有什么变化？"柳成问。

宾客们一拥而上，十几个脑袋一起凑到画前，发现整幅画比刚才生动许多，竹林摇曳得似乎真能感觉到有风在吹拂，在画正中间的阮籍竟然变化了坐姿，从平视前方变成仰天长啸，名士风流跃然纸上，其他的六个人，或坐或立，饮酒、抚琴的姿态栩栩如生，连一旁煎茶的童子也更加活泼可爱。

可是谁也不知道柳成是怎么做到的。

这件事迅速在长安城传开，把柳成吹嘘得神乎其神，仿佛是从哪里来的神仙。这样的效果是柳成没想到的，也让他后悔不迭，因为一时冲动，虽然获得了名声，却也完全暴露了他的秘密，很快，他的麻烦来了。

自从玄宗和安禄山的士兵突然掉进库房，库房里的名画被损坏无数，崇文馆也不得不重新进行盘点，这一盘点不要紧，可把他们吓出一身冷汗。除了毁坏的，他们发现许多画的内容发生了变化，韩干的《牧马图》少了一匹黑马，只剩下牧马人孤零零地坐在白马上，一副愁眉苦脸的神情，那是有次柳成着急到郊外给一个朋友送行才牵走的。阎立本的《步辇图》上典礼官的帽子不翼而飞，和吐蕃使臣禄东赞一样露出空空的大脑袋，周昉的《簪花仕女图》里仕女的发簪少了一支，还少了条小狗。还有一些画似乎被移花接木，明明不在一幅画里的，偏偏就凑在了一起，这些都是拜柳成所赐，或者是偷偷顺走换钱，或者是出于恶作剧，可其中的原因崇文馆里的人并不知道，以为又是闹鬼。

等到柳成钻到画里改画的事迹一传开，崇文馆自然要把这事和柳成联系到一起了，要找他问个清楚。吓得柳成赶紧钻进一幅画里，这下谁也找不到他在哪里了。

"恐怕以后再也不能出现在人世间了。"

事情过于严重，想要再像从前那样生活万无可能。但柳成并不伤心，说起来，人世间也没有什么可以留恋的，不如彻底地住在画中算了。柳成想着自己过去几十年来单调无趣的日子，简直想不出什么值得提起的事，一个普普通通的人，做着普普通通的事，到了三十多岁，还是一事无成，可真是失败啊。

"哎，我连个陪我过一生的人都没有！"柳成想到这点，不禁悲从心起，这又是一条人生失败的证据。他忍不住哭了起来，泪水浸湿了画纸，把他坐着的那一片草地晕染成模糊的一片。柳成也不管它，继续为自己哭泣，泪水顺着画纸的纹理流淌，被浸湿的地方越来越大，直到他的周围变成五彩斑斓的沼泽，才不得不收起了眼泪。

冷静下来以后，柳成觉得自己不该这么可怜，如果能找到一个相爱的美人做伴，一辈子都留在画里，也不失为幸福的人生。于是他下定决心，当务之急就是要找到这么一个美人。但是他所遇见的画里的美人，对他并没有多大兴趣，上次还被拒绝了呢。况且这些美人也不是他喜爱的类型，他喜欢那种，嗯，怎么说呢，平易近人一些的，可爱一些的，一见到就觉得亲切，对她有说不完的话，要把一生都讲给她听的那种。他搜肠刮肚，想着在长安城见过的和接触到的，一张张的面孔在脑海里飘过，总是想不出一个完全契合的。

突然他想起了有一次路过长乐坊附近，正巧见到宰相家的女眷和奴婢出门，其中有一个美人实在标致可爱，年龄约莫十八九岁，小脸肉嘟嘟的，虽然他只看了一眼，却念念不忘了好几个月，如果能娶她做妻子，那真是天下最美的事了。这个美人完全符合柳成对完美妻子的种种幻想，甚至能想象出她的脾气秉性、兴趣爱好，想象出她害羞的神情、撒娇的样子，等等等等。缘分有时候就是如此神奇，只要感觉对了，所有的事都统统对了，真的妙不可言。

确定了这个人选，柳成越想越美。可问题是，这个人姓甚名谁还没搞清楚呢，唯一的线索是她是宰相家的人，这哪是那么好打听的？就算打听到又能怎么样，难道要去提亲？显然是痴人说梦。

说来也巧，一次他听见同僚们议论——实际上他仍然躲在崇文馆库房的画里——一个名叫李萱的画师在给宰相画一幅《东都繁华图》，这让他一下子有了主意，激动得好几天没睡好觉，感叹苍天有眼，对他格外地眷顾。

他的计划是这样的：先偷偷潜入李萱的家，钻到这幅画里，等到李萱把画献给宰相，那么自己也就跟着进了宰相家，然后再伺机寻找那个美人，待时机成熟，趁她睡着的时候把她抱到画里去，美人进了画里，却不知道怎么出去，这样她只能和他生活在繁华的东都了。虽然想法有些卑鄙，但柳成又想，他第一眼见到她就怦然心动，这几天又为她反反复复地许下山盟海誓，要做比翼鸟和连理枝，那么反过来，她也未必不会喜欢自己，两情相悦的人注定要走到一起的。想到这里，柳成又流下幸福的泪水，忍不住在草地上打了几个滚，沾了一身的颜料。

计划如此完美，柳成心里火烧火燎，恨不得梦想立刻成为现实。事不宜迟，他当天就离开崇文馆，打听到李萱的家，趁着夜色掩护偷偷翻进围墙，顺利地摸到李萱的画室。画桌上是一幅画到一半的《东都繁华图》，果然一派热闹景象。画卷上，郊外的一群商人牵着牛、马和驴子正在往城里赶，在浩浩荡荡的队伍前面，城楼、房屋、桥梁也快要完工，大街上也聚集了一些人，酒肆的酒旗迎风招展，胡姬貌如花，当垆笑春风。未完成的部分可以想象一定繁华至极，柳成二话没说，一头钻进画里，找到一处房屋躲了进去。

现在就等着李萱把这幅画完成了！

可是柳成等了两天，李萱连画室都没有进来过。到了第三天，李萱终于出现，他走到画台前，久久地凝视着这幅画，一动不动，脸色越来越难看，手也抖个不停，突然他一把握住画，愤怒地将画撕个粉碎。

"太差了！太差了！"李萱恨不得给自己几个耳光，"我要画的是神品，是要传世的杰作，不是这种垃圾！"

这个举动让柳成十分崩溃，想不到计划在这里出了问题。接下来的几天，李萱反反复复地画画，又反反复复地撕毁，创作进入了死胡同，人也变得憔悴和易怒。每一次画被撕碎或者被揉成团，柳成都要花很大代价艰难地从旧画里爬出来，再钻进新画，好几次因为画从高空摔下来，把他摔得头昏脑涨，再这么摔下去，别说到宰相家呢，能不能离开李萱家也说不准了。

这天，李萱又站在创作到一半的画面前，脸色还是像先前一样难看，躲在画中的柳成眼看着李萱又要发怒，赶紧喊了一句："你画得很好！"

"谁在说话？"李萱吓了一跳，环顾四周看不到一个人影。

"李萱，你画得很好，不要妄自菲薄。"柳成换了一种威严的口气说。

"你是谁？"这声音像是画里传出来的，可是李萱根本不敢相信。

"我是画神，"柳成只好继续编下去，"这将是传世杰作，百年千年之后，仍会有人记得你的名字和这幅画。"

"真的吗？"李萱还是不敢相信，"我的画真能传世吗？"

"我说能就能！"

"可是我总是找不到状态呀。"

"不，你是期望太高了，给自己太多压力。放轻松，只管老老实实地画，一定能画好的。"

"的确，还是您懂我。"李萱长叹一口气，像是遇见了知音，"自从打算画这幅《东都繁华图》后，我给自己太大的期许，必须要画出最高水平的、让所有人佩服的画，可真的动起手来，却感觉力不从心，以至于不断地在自我肯定和自我否定之间彷徨。"

"是的，你可以画好。"柳成有些不耐烦了。

"我知道我能画好，或者我自信可以画得很好，然而将这幅画与那些最好的比起来，又觉得有那么一点差距，这种差距似乎是永远都达不到的，是老天赏赐给每个人的天分的差别，这让我非常沮丧。这种沮丧一次次加剧，让我快要支撑不住了。"

"真是烦人，你们这些搞创作的怎么老想这些有的没的，我都说了你能传世，你还担心什么，赶紧画，务必尽快画完！"

听画神这样一说，李萱受到莫大的鼓舞，他不知道这个画神到底在什么地方，只好朝四面八方拜了又拜，说："请放心，我一定会尽快画完！"

柳成这才安心，这人啰里八唆的可真讨厌，赶紧画就是了，晚一天完成就耽误一天见美人的时间，心里的欲火不得不按了又按。现在李萱这个榆木脑袋终于肯听劝，他不禁心情大好，躺在一处李萱见不到的地方，听着毛笔唰唰游走的声音，像是听一曲美妙的音乐。

李萱受了画神的肯定，再也心无杂念，很快《东都繁华图》上的房屋一座座拔地而起，河边的垂柳发着新芽，大街上人流如织，越聚越多。他几天都没合眼，拼命地画，笔下也真如有神助一般。李萱累极了，又兴奋极了。

终于，一个欣欣向荣的东都在纸上建成了。

"神品！神品啊！"一件伟大的作品顺利完成，李萱高兴得不知如何是好，他把手中的毛笔一丢，像个疯子一样手舞足蹈，一会儿哭一会儿笑，一会儿念叨着感谢画神，过了很久李萱总算停了下来，他躺倒在地上，嘴里仍然念念有词。渐渐地，说话的声音也越来越小，不时地痴笑几声。

柳成也终于松了口气，马上他就能跟着画一起到宰相家，去寻找那个心心念念的美人了。一切都按照他的计划，也许比计划的还要美好，柳成简直想走到人群中去告诉所有人，他是这个世上最最幸福的人。此刻，他从画中的房子里走出来，走到河边一片草地上，满怀着柔情想着心思，想着往后的种种日子，想着清晨起来彼此的问候，想着日落后互相依偎的身影，想着每天的菜肴，想着孩子们围绕在左右……即便柳成在草地上睡去，笑容仍然不肯从他的脸上散去。

天也暗了，月光从窗户照进画室，老鼠在房梁上发出的吱吱声更让这个夜晚显得寂静。突然一只老鼠从房梁上跳了下来，重重地落在画台上，打翻画卷旁的砚台，墨汁像洪水一样在纸上倾泻，淹没了房屋、道路和河边的草地，淹没了人群和牛马，画卷成了黑色的汪洋，柳成也在汪洋中消失不见了。

老虎归来

贞元年间的某一年，在虢州玉城县发生了一件古怪的事，有个名叫王用的烧炭工突然变成了老虎，轰动一时。虽说人变成老虎这种事历朝历代屡有记载，并不算新鲜，但变成老虎之后，又回来和家人一起生活的却很少见。

　　虢州玉城县南临秦岭，那地方居住在山区的人，大多以伐木烧炭为生。伐木烧炭是个低贱肮脏的苦力活，大家都说百路不通钻进山，百无一用去烧炭，一个烧炭工常年要做的事就是伐木头、锯木头、劈木头，蹲着身子像只老鼠一样在炭窑里进进出出码放木头，然后垒石封窑、和泥糊墙，只留出一个小灶口加柴添火，看着浓浓的黑烟从烟囱升起，一直升到天上，仿佛一条倒淌的污浊的河，把天空都熏得暗淡无光。等到黑烟终于变成白烟，白烟又变成稀薄的蓝烟，倒淌的河流干涸，总算可以出窑了，这才挖开窑门，又接着像只老鼠一样钻进炭窑，把烧好的木炭一摞摞地抱出来，装进筐运下山，交给山下那些等候的木炭贩子。

王用是个长得黝黑、身体结实的小个子，世代做着山民，除了伐木烧炭，也干一些别的营生，天气暖和时他和弟弟上山采药，偶尔也设夹子捕猎，收获却不多，只能捕到一些野兔、麂子，有时候什么都没有。有一年冬天下了场很大的雪，一只野鸡落到他们的院子里飞不起来，洁白的雪地上，这只五彩斑斓的野鸡是那么显眼，它在院子里走来走去，想觅一点食物。王用拿网捉住了它，把它变成食物，又用尾部的羽毛给孩子做成装饰，这件事一家人念叨了好久。

他们并不富裕，为了生活，什么事都要全力以赴，却过得和睦平静。可上天并不太眷顾他们，反而厄运莫名其妙地来临。那是一个初秋的清晨，王用像往常一样在山上烧炭，他仰望着天空，突然感觉身体里有咯咯啦啦的响动，像是骨头在裂开似的，接着肌肉开始胀痛，身体不断膨胀，撑得衣服吱吱啦啦地裂开，很快被撑破的衣服里露出黄白相间毛茸茸的身子，一只尾巴也从屁股后面伸了出来，片刻的工夫，王用竟变成了一只吊睛白额的老虎。他在炭窑前徘徊一阵，然后一声长啸，就纵身奔向了大山的深处。

发生这样的事，实在令人难以接受，是王用得罪神灵了吗？还是干了什么不光彩的事？一家人惶惶不安，村里的乡邻也纷纷表示担忧，他们请来了一个巫师，连做几天的法事祈求上苍原谅，也祈祷成了老虎的王用不要伤害大家。不知道是不是这样的祈祷起了作用，全村一切如常，只是再也没有了王用的消息。

他去哪了呢？自从王用变成老虎以后，常常能听到各种消息，有人说，在蒲州的五老峰见过一只大虫，总是白天出没在山崖上，看见人就远远地躲开，从来没有对任何人骚扰过，像是通人性。又有人说，在华山也见过一只，行为也差不多。这些传言中的老虎一会儿在这，一会儿在那，相隔又是那么远，也不能确定到底是不是王用，让一家人也无所适从。

几年后的一天清晨，王用的妻子打开门，发现院子里躺了一只獐鹿，獐鹿奄奄一息，脖子上有被什么撕咬的伤痕，血凝固在它褐色的皮毛上和地上。它像那年冬天突然光临的野鸡一样，成了一家人的美食，可是谁也不知道它为什么会来到这里。等他们吃完这只獐鹿，没有几天，院子里又多了一只，同样脖子上有撕咬的伤痕，这自然让人联想到做这件事的是某个比獐鹿更强悍的动物。

为什么总是扔进自家的院子呢？会是变成老虎的王用吗？

寒冬很快来了，大雪纷飞，院子里再也没有了獐鹿。他现在过得怎么样呢？有没有东西吃？看着白茫茫的大地，王用的妻子寝食难安，一个冬天都心神不定。到了春天，王用的弟弟王遣就请求一个猎人朋友帮忙，翻遍附近的几座山，也没见到任何踪影，也询问过其他的村子，都没听说有老虎出没。他去哪了？会不会发生什么事？不过家人悬起的心很快就放下了，又一个清晨，院子里像往常一样多了一只獐鹿。

日子一天天往前，孩子们渐渐长大，王用最大的女儿要出嫁了，那几天家里张灯结彩，请了很多人来张罗。出嫁的头一天，院子里突然多了两头野猪，野猪可太大了，一头足足有四五百斤，这样的庞然大物，也不知道是怎么拖进院子的。大家心照不宣，把野猪肉当成婚礼那天的重头菜，来道贺的乡邻吃了三天的流水席，才把野猪肉吃完。

转眼，女儿的孩子也出世了。女儿坚持要把孩子给外公看一眼。秋天的一个下午，天气极好，一家人彼此扶携着，带着孩子走到山上，在王用过去常常伐木的地方，他们高高地举起孩子，孩子的哭啼声在山中回响，女儿也在山中呐喊：

"阿爷，你听见了吗？这是你的外孙，是个男孩，他叫小虎！"

大家等待着，忍不住都哭了，等到太阳快要落山，才又彼此扶携往山下走，后来他们终于听见一声虎啸，那声音在山谷中久久都没有散去。

再后来，又过了几年，王用带回家的食物越来越少，有时候只是一只干瘪的山羊，甚至是一只兔子，他大概是老了，可能再也没力气捕那些大一点的东西了。

一天晚上，一只老虎跳进院子，它刚把食物放下，突然黑暗里妻子喊了一声他的名字。老虎往后退了几步，抬头望着屋内，它的样子像是听懂了话，可是它并没有发出一点声音。

"王用，你是王用吗？"妻子紧张得透不过气来，说话的声音又尖锐又颤抖。

那只老虎停在院子里，王用的妻子又颤抖地问了一句。

"我是王用。"那只老虎说。

"你怎么变成了老虎？"

"可能是吃了黑鱼谷里的黑鱼。"

"你怎么能吃黑鱼呢？那可是灵异！"

"嗯……"

在山后黑鱼谷里的一处水塘里，常年游弋着两条丈余长的黑鱼，它们过于庞大，在幽静的山谷里显得那么诡异，人们很少去那里，以为那是不祥的东西，最好离得远一些。可王用竟然吃了它！

"你还能变成人吗？"

"唔……恐怕不能！"

"怎么会这样！"王用妻子的声音一下子伤感起来，过了一会儿，她说，"回来吧，变成什么都要回家！"

在这么漫长的日子里，王用的妻子早已经接受王用变成老虎这个事实，他们只是再普通不过的山民，从来都没有干过坏事，也没有过什么坏心眼，她不明白上天为什么要这样惩罚王用？

他是她的丈夫，是孩子们的父亲，他们是一家人，她相信王用就算变成老虎，他的心也如同他们一样从来没有变过。她并不惧怕王用，当第一次看到变成老虎的丈夫，她非常紧张，可是这样相见和要继续生活在一起的场景，在她的脑海里早已经想象了千万遍，所以很快也就适应了。

孩子们和母亲一样，尽管父亲成了老虎，他们终于还是迎来团圆。他们从井里打来几桶水，把王用全身上下好好地洗了一遍，洗去他身上那股难闻的臭味，把没吃完的肉分给他吃，又请王用的弟弟王遣帮忙，在猪圈的旁边重新搭一座木棚，在木棚里铺下厚厚的稻草，让王用有个可以休息的地方。

比起刚做老虎那时候，王用瘦了很多，他总是吃得不太饱，又要努力为家人捕猎，睡得也不踏实。现在他回家了，他睡在柔软的稻草上，仰望着天上，看着蓝色的夜空挂满星星，听着妻子和孩子们在家里进进出出的响动，听到他们说话的声音，有时候还有笑声，这个感觉可真好。

猪号叫了好几天，末了，大概也看出来这头躺在栅栏外的庞然大物对它们并没有威胁，也就放下心来继续在猪槽里拱食。没有多久，村里人都听说了王用家来了只老虎，就是王用本人，一些胆子大的人早早跑到王用家里来探个究竟，他们离得远远的，做好随时逃跑的准备，一点点往前移。

"王用，你不会吃我们吧？"来人一脸警惕地问。

"当然不会！我们是从小一起长大的，我怎么可能吃你们呢？"

于是来人就放心地坐在王用家的院子里，和王用攀谈起来。

"这些年你是怎么过的？"一个人问。

"哎呀，一言难尽。"王用有些伤感地咆哮着。

王用仍然记得他们，他像一个常年漂流在外终于归乡的游子，既兴奋又感到亲切。他和他们聊天，说了许多陈年往事，时而欢乐，时而感慨，让这些乡邻明白，这只巨大的老虎身躯里仍然是那个熟悉的王用。从前王用还是个人的时候，是善良的，是和乡邻和睦相处的，谁也没想到竟会有这样的变故，真让人感慨。

从那以后，每天王用家里都被挤得水泄不通，好奇的乡邻把院子的泥地踩得坑坑洼洼。这些人的到来让王用一家人疲惫不堪，王用也不得不应对乡邻们各种各样的问话和举动。有时候他说，别害怕，我不伤害你们。有时候他又说，我累了，你们请回吧。

但来参观的人还是越来越多，方圆上百里的村庄都知道有一个变成老虎的烧炭人，他们成群结队地来瞧热闹，像是赶集一样。又过了一段时间，家里能吃的东西都被王用吃完了，于是王用的弟弟想到一个主意，告诉大家，如果要到家里来看王用，就必须带一只鸡来，否则只能闭门谢客了。这样王用家的鸡越来越多，连王用一家人也不得不一日三餐都在吃鸡，红烧、煲汤、油炸、白切……变着花样地做，但还是多得来不及吃，很快每个人都长胖起来。

没有多久王用和家人都患上了厌食症，看到鸡就泛起恶心。满院子没被吃掉的鸡肆无忌惮地走来走去，人走过去一不小心就会踩到鸡爪上，鸡尖叫着腾空飞起，其他的也跟着扑扇翅膀飞起又落下，扬起的灰尘久久不能散去，院子里铺满了鸡屎和鸡毛，破碎的鸡蛋液到处流淌，臭得让人隔着几里路都要捂着鼻子。

来看王用的人队伍排到天际，他们堵住通往村里唯一的一条路，一些人被挤进路边的农田，踩坏了好多刚长出来的麦苗，树也毁坏好几棵，还有的人干脆就在路边架起锅灶，把带来的鸡炖了，又到村里偷鸡充数。村里人怨声载道，和讨厌的外地人吵了很多回架，仍然无济于事。人实在数也数不过来，像搬家的蚂蚁一样络绎不绝，聪明的村民干脆在村口支起摊位，卖茶水和新鲜的果蔬，靠这个也赚回来不少钱。

在这漫长的队伍中，还夹杂着另一些奇怪的人。有一个人说是会炼金术，能把石头变成金，却做了很多次法都没有成功。刺青师父向人介绍自己的手艺，想刺什么都可以，把整首《孔雀东南飞》刺下来也不在话下，不好不要钱。卖墨丸的挨个儿兜售墨丸，只要吃一颗，立刻就有了文采，王勃就是吃了墨丸才写出《滕王阁序》的。

会赶房子的道士在人群中四处宣传，能把房子装进布袋，随便赶到任何地方去，价格公道，童叟无欺。他说这是祖传技艺，孝文帝迁都洛阳都是祖上帮忙办的。这个精瘦的道士从队伍的一头走到另一头，不停地念着这两句：

"天下之大，处处为家！天下之大，处处为家！"

可是没有人理睬他。

还有一个长得像只龙虾一样的人，说是来自东海遥远的长须国，他的头又长又尖，颌下生出两根红色的长须，确实同虾须一样粗细，这人说，只要付一文钱就能随便摸自己的胡须。感兴趣的人寥寥无几，都认为看一眼就可以了，何必浪费钱。

卖龙脑香的倒是很受欢迎，这种香料形状好似蝉和蚕，只有上千年的龙脑香树的树干上才有，香气能弥漫十多步远，从前可是交趾国进贡给皇家的贡品，杨贵妃专用的呢。爱美的女子结伴来打听价格，和那个商贩讨价还价。

最受关注的是一个鼻子下面长了两块碧绿色息肉的女孩子，那两块息肉好像两只小葫芦，只要摇晃起来就能发出声音。她的歌声非常美妙，仿佛是仙乐，就是嗓门大得不可思议，好像是拿着号角一字一句堵着耳朵唱一样。每当她要开口，人们就自动后退，给她腾出一大片空地。她唱到动情处，向着围观的人群款款走去，每走一步，人群就后退一步，她一步步向前，人群一步步后退，急得那些站在后排的听众大喊"别退了，没路了"，可她并没有意识到，始终含情脉脉地向他们靠近，要把热忱传递给每一个人。一首歌还没有唱完，听众已经退无可退，被逼得直往河里跳。

被这么轰轰烈烈和旷日持久地观赏，王用的心情差到极点，再也不想搭理任何人。他整天躺在他那已经沾满鸡毛和鸡屎的木棚里，对眼前走来走去的鸡也无动于衷，只有当饿到极点，而且恰好有一只鸡走到他的嘴边，他才会张口咬住，三下两下吞咽到肚子里去。他仿佛失去了捕猎的野性，已经不记得该如何去捕猎一头獐鹿，他失去了人的样子，甚至也失去了作为老虎的形象。

妻子也懒得帮他梳洗了，照着眼前的情况，多少桶水也冲洗不干净。她和小叔子王遣以及王遣的妻子忙着联系各地的菜场和酒店，努力要将这些源源不断的鸡卖走。几个孩子已经能非常熟练地捉鸡、捆鸡和杀鸡，他们从早忙到晚，没有工夫照看王用，更没有工夫照顾前来观看王用的人。

那些人把带来的鸡扔进院子，就急匆匆跑到王用身边。没有人惧怕王用，他们抚摸着王用的身体，好像在抚摸一只猫，他们玩弄他的胡须、他的尾巴、他的爪子，有的人出于恶作剧甚至偷偷带着剪刀，剪掉他身上的毛，但他始终无动于衷。直到有一个贪心的家伙想撬掉他的一颗虎牙当作纪念，才让他感到愤怒。

这一次王用真的愤怒了，朝那个拿着榔头的家伙瞪圆了眼睛，张开血盆大口，发出震天的咆哮声，那个家伙当场就震得晕死过去了，四肢不停地抽搐，嘴里吐出的白沫和血丝浸湿了衣服。王用冷静下来，并没有伤害他，而是衔着他的腰带，把他扔到院子中间。

大家这才醒悟过来，他并不是一只猫，而是一只实实在在的老虎！

差人带着几个颇有经验的猎人一起来到王用家，打算把王用捉走，但王用的一家人反复强调王用并没有想去伤害谁，那个家伙实在太过分才激怒了王用。王用在院子里走来走去为自己分辩，他那激动的样子委实让差人和猎人忌惮，谁也没有把握保证真的能制服他，所以差人只好换了个思路，和王用约法三章。

差人远远地指着王用说：

"王用，我可以暂且饶恕你，但你也要老实点，不要伤害人！"

"我也不想伤害他们，是他们惹得我。"

"你更不能吃人！"

"我从来不吃人。"

"你不准破坏庄稼，也不准吃别家的猪羊牲口！"

"我只在自己家里待着，哪里也不去。"

"好，不管你是人还是老虎，我都有办法治你，希望你好自为之！"

差人说完这些，就满意地走了。那些原本好奇的人，终于也觉得不过是一个人变成老虎而已，早已经见识过了，没什么了不起的。没有见过的人，大概因为听着前人的介绍，也失去了热情，或者因为惧怕也未可知，总之从那以后，堵在村口的队伍终于散去。一家人把满院子的鸡卖掉，又花了将近一个月的时间，才把院子收拾干净。他们因为卖鸡赚了一些钱，又把房子重新修葺一番，把围墙垒高夯实，王用住的木棚也粉刷一遍，终于过上宁静的日子。

不知道什么原因，天气变暖时，王用身上的虎毛渐渐地褪去，到了冬天，又会长出一些新的绒毛，有时候他还能站起来用两条腿走路，只是持续不了多长时间。又过了一些年，孩子们都大了，也成家生子。

孙子们生来就认识这个变成老虎的爷爷，接受起来并没有那么困难，他们把他当作一个巨大的玩伴，喜欢坐在王用的背上，让王用驮着到处走，他们在村子里转转，偶尔也走得远一点，但会在天黑前回家。人们对这种情况习以为常，狗却没有人那么松弛，每次王用出现都会狂吠不止，它们龇牙咧嘴地远远跟在王用的身后，却从来不敢接近。

王用更老了，变得越来越平和，和村里那些人多年来相安无事。唯一有一次，他的一个孙子被更大一点的孩子欺负，王用径直闯进那个人的家里，这是他变成老虎以后第一次到别人家。他走进院子，甚至还想走进屋子，可是他的身躯实在太大，身子蹭到门槛上，整个屋子都在摇晃，影子把屋子里的光全都遮住了，把那家人吓得半死。

"我只是想和你们说理！"王用说。

"是我们家孩子不对，我们会教训他的，求你走吧！"那家人哀求道。

回归平静以后，王用也偶尔会去山上捕猎，给一家人改善下伙食，在开头那一两年，他还能勉强捕猎一些小动物，后来越发地不容易，常常空手而归，回到家后什么话都不想说，只是生着闷气。最后一次捕猎，他从清晨一直追到日落，才捉住一只獐鹿，这是很多年都没有出现在家人饭桌上的美食。他累极了，把獐鹿扔到院子里，就一头扎到木棚下，睡了好几天才缓过劲来，从那以后，再也没有上过山。

不知道是衰老的缘故，还是退化的缘故，他不太像只老虎了。王用的虎毛褪去得越来越严重，到了冬天也没有长出新的绒毛，家里人不得已，只能在夜里给他盖上毯子防止他被冻坏。他开始习惯站起来走路了，只是支撑不了多久。胃口也逐渐变小，一顿都吃不完一只鸡，后来因为吃生东西，还生了一场病，上吐下泻了很多天，等病好了，就只能和人一样吃熟食了。

在这个褪毛的过程中，平常的日子里，仍然不乏一些好奇的人想来看个究竟，三三两两的，并不像当初那么壮观。有一次，一个诗人骑着毛驴来到村子，打听王用的住处，恰巧王用带着孙子路过，诗人的毛驴见到王用，立刻吓得扬起前蹄，叫声差点把全村人都给震聋，王用也被震得头晕目眩。诗人被掀落在地上，半天才爬起来，不过他还是很高兴能见到王用，还为他写了首诗。他把诗念给王用听，问王用写得如何，王用说听不懂，他只好一句句地解释，也就是这个世界多么地神奇，人变成了老虎之类的，王用听不出好坏，只得点头附和。

诗人问他，既然大家都知道黑鱼谷里的黑鱼是灵异，惹上它们肯定会出事，为什么还要去吃它呢？

王用想了一会儿，问那个一直在揉屁股的诗人，有没有在某个时刻，突然会想做人没什么意思，渴望改变一下。

诗人说："当然，谁不想呢？可是你怎么知道吃了黑鱼就能变成老虎？"

"不知道，只是想看看会发生什么。"

"你不害怕吗？"

"害怕，可是我总忍不住想试试。"

"那做老虎的感觉怎么样？"

"很有意思，不过我再也不想做了。"

卖鸡的钱曾让王用一家富裕了一阵，不过大部分花在房屋的修葺上，又添置一些新家具，也给孩子们添置了一些新衣服。等孩子们也长大成家，房子早已老旧，他们再也没有风光过，日子回到从前，一家人仍然要靠伐木烧炭生活。让人头疼的是，王用虽然胃口变小，但仍然顿顿需要吃肉，这又是一笔不小的开销。王用又生了两场病，等病好了，身上的虎毛几乎褪个干净，脖子以下逐渐长出人的身体，只是仍然顶着一颗虎头，像是元宵节庆祝活动上的大头娃娃一样。

又过几年，王用的虎头也开始褪毛，原来脖子上的一颗黑痣也隐约可见。他的牙齿开始松动，吃肉变得费劲，不过幸好能吃一点蔬菜和米饭了。饭后，他喜欢坐在院子里休息一会儿，晒晒太阳，很快就发出轰隆隆的鼾声。

射
摩

射摩正坐在大帐里打瞌睡。

这是一年中最热的几天，大帐里几乎透不过气，可射摩仍然睡得昏沉，仿佛死去了一样。在他的面前，是吃剩的羊排，几根骨头横七竖八地堆放着，银色的酒壶也打翻在地，酒壶是空的，一只苍蝇落在壶口，使劲地搓着前脚。

"呜噜……"

射摩突然打了个激灵，嘴里发出含糊不清的声音。

过了一会儿，他缓缓地抬起头，呆滞地看着大帐的门口，那里只有透过布帘四周的隙缝照进来的光亮，除此之外什么也没有，也听不见外面的动静，他又将眼皮慢慢合上。

从舍利海回来以后，射摩再没有心思去做别的事，总是一个人坐在大帐里喝酒，分不清白昼和黑夜，也分不清寒暑春秋，醒来就喝，酒后便睡，他的眼睛失去光泽，身体变得肥硕，像一个臃肿的行尸走肉。

从前的射摩可不是这样，没有人比他生得更强壮更威猛，也没有人比他更有魅力和气概，当他平静时，像山一样庄重威严，若是在战场上，就会像疾风一样势不可挡，所到之处，无不为之震慑。草原上那些大大小小的部落都臣服在他的脚下，人们用太阳、高山和雄鹰来赞扬他，到处都有传颂的歌谣，把他当作神明崇拜。

这样的人，所要拥有的一定是天下最好的才可以。在他征服四周大大小小的部落后，人们希望能有一个王后陪伴他的左右，和他一起带领大家过上更美好的生活，可是究竟什么样的女人才能做他的妻子呢？

无论是本部落，还是其他部落，都没有一个女子能配得上射摩，她们粗鄙、丑陋，哪怕和射摩站在一起都显得滑稽。所以这件事实在令人伤透脑筋，普天之下竟然找不到一个能和射摩般配的人吗？每每想起射摩还是个孤家寡人，雄鹰总独自飞来飞去，也没个伴侣，真是有些遗憾啊。

　　在人们的感叹中，一天黄昏，海神的女儿西阿娜骑着一只白鹿，踏着七彩祥云来到射摩的大帐前，带着射摩越过茫茫的草原和白雪覆盖的群山，去往舍利海。人们这才发现，原来射摩的命运女神根本不是什么凡人。这个神仙眷侣的场景让每个人都非常满意，内心里充满了喜悦，好像被女神带走的是自己一样。

　　西阿娜爱慕射摩的神勇，每天黄昏准时来到射摩的大帐下将射摩带走，经过一夜的缠绵，再送他回到草原。如此不间断地往返十几年，细心的人发现，射摩也不见老，海风海水对他也完全没有侵蚀，反而让他身上渐渐有了一种谦和的气质，连目光也变得温柔，这大概是爱情的力量吧。

　　射摩和西阿娜有时在海神的宫殿里，有时又在舍利海中不知名的小岛上仰望星星。他们每晚都在喝酒，那酒不知道用什么酿成的，只要轻轻摇晃一下就出现五彩斑斓的样子，有一点点甘草的味道。西阿娜长着两根长长的坚硬的胡须，是红色的，她每次喝酒都先把胡须撩起来，再把金樽中的美酒轻轻倒进嘴里，这个动作让射摩觉得特别优雅。

有时候射摩也向西阿娜展示神勇。他们站在海岛上，细碎的星光漂浮在汹涌的海浪上，一只巨大的怪鱼在海浪里翻腾，射摩拉弓搭箭，等那条鱼跃起时一箭射去，正中怪鱼的腹部，那条鱼从半空中摔了下来，激起的浪花拍打射摩宽阔的胸膛，像是拍打着礁石，西阿娜用欣赏的眼光看着这一切，为自己能找到这样的英雄而感到幸运。她将身体依偎在射摩的臂弯中，把嘴边的胡须撩了撩，又喝了一口甘草味的美酒。

不过这事只发生在恋爱的头两年，在年复一年的相伴里，射摩感觉到再也离不开西阿娜了，他知道这是自己要一生厮守的女人。而西阿娜却未必这样想，那个曾经的盖世英雄，渐渐地变成一个柔肠百转的男人，他再也没兴趣拿起刀剑，甚至还琢磨着给她写了几首热情洋溢的诗，这也太离谱了。

"我常常想起当初那个你，一个盖世无双的英雄。"西阿娜说。

"不，我不要做什么英雄，我只想陪伴在你身边。"射摩把她往怀里搂了搂，用下颚在她的脸颊上轻轻地来回摩擦，他的络腮胡子里也开始长出两根红色的长胡须，在西阿娜的鼻子前飘荡。

矛盾就这样在西阿娜的心里悄然萌生，她有时会涌起无比失望的心绪，有时又陷入自责，觉得射摩是因为和自己在一起才变成这样的。

与此同时，在射摩的老家，草原上又发生了很多变故，原先那些被射摩降伏的部落接二连三地叛离，人们在四处传播射摩已经被海神的女儿消磨了意志，变成了废物，他们再也不觉得他是什么太阳、高山和雄鹰了，认为他根本就不配再做他们的首领。

可射摩并不管他们，任由他们离开，只有呵哝部落仍然忠心耿耿。大大小小的战争在各地此起彼伏，射摩也无心理睬，每天早上，他被白鹿送回草原，就陷入深深的思念，整个人都处于浑浑噩噩的状态，像是一个无心工作、一心想着回家和妻子温存的普通男人，唯一所做的事就是等待，等待太阳从东方慢慢滑向西方，在天空中留下金色的晚霞，这时白鹿准时来到草原，射摩的魂才又回到自己的身上。

"你不该这个样子，"西阿娜说，"振作起来。"

"我觉得现在这样很好。"射摩搂着西阿娜，并没有在她的脸上看出不悦。

"那些战争呢？就让你的臣民互相残杀吗？"西阿娜问。

"让他们去吧。"射摩略带疲惫地说，好像远处的战争扫了他的兴致似的。

舍利海时而潮水暗涌，时而骇浪滔天，像是西阿娜起伏不定的心情。她在经过反反复复的鄙夷和纠结之后，终于做出一个决定。一天夜里，西阿娜对射摩说，每天接送他的白鹿老了，再也没有力气走那么远的路程，过几天，在射摩祖先出生的洞窟里，会出现一只金角的白鹿，抓住它，两个人才可以继续相见，否则，缘分就尽了。

射摩听到这样的话，自然要竭尽全力捕获金角白鹿了，狩猎是在射摩焦灼和紧张的状态下进行的，他早早就安排人在洞窟附近值守，生怕一个不留神让金角白鹿跑了。到了第三天，果然从洞窟里跑出一只白鹿，它浑身上下洁白如雪，头上的两只角金灿灿的，站在洞窟所在的丛林里像个精灵。

包围圈一点点地缩小，金角白鹿受到惊吓，一抬腿就从一个士兵的头顶上越过，往丛林的深处奔跑，它在丛林跃起又落下，像是海浪中一艘有着金色桅杆的白色小船，当小船再次跃起时，一支箭夹着风飞去，正中它的后颈，它就这么倒下了，血水顺着草丛的隙缝向四处流淌。

射摩简直要疯了，从来没有人见过他如此地愤怒，他咆哮着，大地在他的咆哮声中瑟瑟发抖，森林里的树摇晃着，野兽豕突狼奔，鸟也逃到九霄云外，他坐下的马因为惊吓，双蹄一软当场倒地身亡。可所有的这一切都抵消不了他的愤怒，他一剑斩下呵咻部落的首领，正是呵咻部落首领的箭将金角白鹿射死。

射摩藏在内心里的暴戾被彻底激发出来，只有杀戮才能平息他的愤怒，那些叛离的部落开始遭殃，纷纷遭到报复，射摩带着人马没日没夜地征战，像一把燃烧不尽的野火。他知道，越是这样，他离爱情越远，无论如何他也无法再挽回西阿娜了。

西阿娜独自坐在海岛上，静静听着飞鸟送来的草原的消息，她什么话也没有说，在海上坐了一夜，一直到星辰落下，太阳将东方的海水染成红色，才离开海岛回到宫殿。她也不知道这样做对不对，只是再也不想见到射摩了。

　　一年后，射摩命人用羊皮制作了一只巨大的皮筏，想在茫茫的舍利海寻找西阿娜，舍利海无情的风浪将皮筏一次次地推回海岸。还有一次，射摩在征战中获得一把用乌金做成的利剑，那剑有半尺宽，一丈多长，射摩想用利剑劈开海水，寻找一条通往舍利海宫殿的路。他用尽平生力气劈向舍利海，海水被利剑劈得掀起几层楼高的浪，隐隐地露出一条隙缝，但很快海浪落下，海水又聚拢在一起，像是西阿娜的心一样合上了。

浑天寺（一种）

"飞卿兄，你有没有听过一行大师的故事？"

"柯古兄说的是哪一件？"

"就是捉北斗七星的那个故事，当时传得很广，可一直没有确凿的证据，直到一行大师圆寂，这仍然是一桩未解之谜呢。"

战乱之后，浑天寺破旧不堪，僧侣们早已经不知去向，当年高僧一行在这里做住持时，可是声名远播，不想短短的几十年后就是天壤之别，香火旺盛的景象再也不见。两个在浑天寺歇脚的人，看着寺院里的残垣断壁，四处布满的蜘蛛网，不禁感叹物是人非，于是就聊起了一桩旧事。

故事发生在开元年间，也记不清到底是哪一年了，当时高僧一行奉诏修建浑天寺，准备专门在这里研究天象以及和上天沟通。就在浑天寺的修建当中，有一天，天上的北斗七星在一夜之间全部消失，实在过于离奇，大家传言，这种异象必然要有灾难发生，一时间搞得人心惶惶。一行也因此被皇上邀请去筹划对策，在一行的建议和操作下，北斗七星重新回到天上，终于化险为夷。

然而，一些人将这件事和一行本人联系在一起，认为北斗七星的消失和回归，正是他出于某种不能说的原因，才一手设计了骗局，蒙蔽了皇上和全天下人。

提起一行，就不得不先介绍一番了。一行是玄宗时期的高僧，也是皇上的座上宾，他博览群书，记忆力超群，对历象、阴阳、五行无所不知。黄道游仪是他设计的，水运浑天仪也是，他还制定大唐最精密的《大衍历》，后来又传到了日本，所以当时的学者根本搞不清他的学问究竟深邃到什么程度。

除了学问，他的手段也远非凡人所能想象，历年来皇家的祭祀、求雨、祈福以及占卜凶吉等等事宜都要仰仗于他。随便一个例子，就足以管中窥豹。有一年京城附近大旱，玄宗下旨请一行求雨，一行说只需要捉一条龙向上天禀报，雨自然会来。他在宫中库房里找了一面雕刻了盘龙的镜子带到道场，也没有特别的仪式，只是拿着那面镜子念动咒语，不一会儿，镜子上的盘龙像活了一样舒展扭动，顺着一行手臂举起的方向飞上了天，很快乌云在空中盘踞翻滚，接着电闪雷鸣，雨就落下来了。

因为这样的学问和本领，玄宗对他颇为尊重，对其所提的要求和建议无不采纳。人们说，天上和地下的事情，没有一行大师不了解的，他也能按照意愿来左右。那谈到北斗七星的消失，把这事说成是一行的骗局，是出于什么原因呢？

这要从一个阿婆说起。

据曾经参与修建浑天寺的工匠回忆，大概是在修建藏经楼的某一天早上，一个上了年纪的阿婆来寺院找一行，这位阿婆衣着朴素，头发花白，看着就是个普通的街坊，她一副忧心忡忡的样子走进寺院，大约过了半个时辰，又一脸愤怒地走出寺院，一行跟在阿婆身后，赔着小心不停地道歉，可阿婆根本不理会。

两个人的对话被许多修建寺院的工匠听见，当时一行和阿婆走到寺院门口，一行想搀扶阿婆下台阶，阿婆一甩胳膊就挣开了他的手。

"真的没有法子呀。"一行用很哀愁的语气向阿婆说。

"不帮就不帮，何必装出这副模样！"

"这样的大事，实在不知道怎么开口。"

"我儿可是一直把你当作兄长，你怎么能忍心？"

"如果是要金银布帛，一定十倍奉上，可这事……"

"谁要你的钱了？"

"是是，我只是……"

"你大概是早就忘记过去了！"

"并没有，可这……"

"我怎么认识你这样一个忘恩负义的和尚！"

一行羞得脸红一阵白一阵，那些路过的工匠们看着这一幕，满心疑惑作为大师的一行为什么会被这样骂，连皇上对他说话都客客气气，从来没有人见过他这么狼狈，这位阿婆到底是何许人也？

这种事情自然是瞒不了的，私下里大家议论，一些了解一行的人说，一行幼年时非常贫困，常常受邻居接济，邻居待他也像是亲生儿子一般。等一行功成名就，也时常念叨着邻居的种种恩情，大概今天来的阿婆就是那个人吧。可是到底为什么一行惹得阿婆这么生气，就不知道原因了。

过了没几天，大家还是知道了原委，毕竟这种事无时无刻不激发着人的好奇心。反正也不知道是从哪里听到的消息，说是这位阿婆姓王，她的儿子前阵子和人起了争执，失手杀了人，被关进了大牢，阿婆就是为这事来找一行的，希望一行能在皇上面前说几句好话，网开一面放了她的儿子。

一行念念不忘要报答阿婆，还来不及报答，阿婆已经找上门了，但杀人的事触犯了国法，一行又怎么能轻易去跟皇上求情呢？于是就出现那种尴尬的场景。

但是这跟北斗七星消失又有什么关系呢？那就要接着往下说了。

阿婆走后，一行一直魂不守舍，脾气也不够好，好几个工匠都被他无缘无故地训斥过。隔了大约半个月，阿婆又来到寺院，这一回比上次闹得动静更大，据说阿婆的儿子很快就要问斩，逼得她只得不管不顾，一心要一行出手。当时好多工匠目睹了阿婆撒泼的样子，可没有人敢去接近好好瞧个热闹，末了，阿婆终于离开了浑天寺，至于最后一行是如何安抚她的，是不是让她再一次失望而去，这个就无人知晓了，但有一些人肯定，当时阿婆离开的时候，看着是有所收获的。

在阿婆第二次到浑天寺后没几天，她的儿子就被释放了，而释放的原因，就是和北斗七星的消失有关，到了这里，是不是就有些奇怪？

那天晚上，天上的北斗七星突然就不见了。

一大早中使就急匆匆来到寺院寻找一行，传达皇上紧急召见的旨意，这件事非同小可，一行立即动身随中使一同到了宫中。曾经拓跋嗣当政，有过荧惑也就是火星一夜之间消失的事，那一年天下大旱，昆明池水枯竭，饿殍遍野，到处流传着蛊惑人心的童谣和妖言，给人间带来数不尽的灾难。这回北斗七星一同消失，前所未有，一定是上天的警告，不得不重视。

玄宗心里慌乱，急需一行想出对策化解。

"必须要做极大的善事感动上苍，以慈悲化解灾祸。"一行说。

　　一行给出的意见，就是大赦天下，希望用这样的方式让上苍不要将灾祸降临到人间。皇上按照一行的建议，下令全国释放囚犯和收葬枯骨，果然当囚犯们走出牢狱，荒野里的枯骨被装进陶罐埋葬后，北斗七星真的重新在夜空中闪耀，指引着方向。一行又观测星象，认定今年往后的日子仍旧如平常一样，是个丰年，后来也果真没有发生什么灾难，风调雨顺太平安康。

　　皇上悬起的心终于放下，赏赐一行许多东西，又亲自为浑天寺书写了牌匾，百姓们当然感恩一行，更加认为他是个了不起的人物。在这上下一致的赞颂中，也掺杂着一些不和谐的声音，有一些人有那么一丝疑惑，觉得事情实在过于巧合了，从阿婆求助，到七星消失，再到释放囚犯，就是前后脚的工夫，阿婆的儿子也在这次大赦中顺理成章地被释放，这中间难道真的没有什么关联吗？

　　一行的功劳被不断传颂；而与之相反的，猜测一行是靠做一场局来欺骗皇上，以达到帮助阿婆的目的，这个怀疑的种子也在生长蔓延，因为他有能力做到。当然啦，这仅仅是猜测而已，到此为止，仍不能认为一行真的动了什么手脚，这些怀疑不过是大家茶余饭后的一点谈资罢了。

直到两年后，京城的衙门抓到一个小偷，才让这条线索又多了一点补充。在他的供词里，竟然有去浑天寺行窃的事，而且正是在北斗七星消失的那个夜晚。

小偷的名字叫纪二，是个修鞋匠。白天他挑着工具箱四处转悠，沿着巷子吆喝，工具箱里放着剪刀、锉刀、针线以及各种布料，这是给人修鞋用的。在他走街串巷时，如果能碰见合适的人家，就会找个机会行窃。

虽说纪二行窃，但修鞋却是他的本职，他的手艺精湛，做事又很用心，靠着努力换来微薄的报酬。只有生活实在困苦时，才会做那样的勾当，所以在他被抓之后，对过去做过的几件不光彩的事记得清清楚楚——每一次行窃前的纠结和冲动都记忆犹新，而且那晚的事，说起来更加奇怪，自然也忘不了。

当晚纪二原本打算去一户人家行窃，却一直在屋外守到下半夜都没有机会下手，于是只好作罢。他像只无处可去的野狗，在空荡无人的大街漫无目的地走着，突然瞧见几道白色的光团从漆黑的夜空飞速落下，跌入到离他两三里远的地方，于是纪二就朝那个方向走去，想看看究竟是什么东西，就这样走到了浑天寺附近。

纪二早就听说过一行大师在建造浑天寺，有几次从寺院门口路过，还想着有天能到寺里祭拜呢，想不到会在这样一个晚上光临。白天工作的工匠们已经散去，偌大的寺院空无一人，那几团白光也不见踪影，也许是看花眼了？今晚有些沮丧，什么也没做成，竟鬼使神差地到了这里，忽然一个念头从心头闪过，能不能在这里碰碰运气呢？

据纪二交代说，他从前殿到后殿转了一整圈，发现并没有什么可以顺走的，也就不再去纠结，在这样的场合，龌龊的心思也就慢慢地放下了。寺庙里弥漫着木料的味道，格外清香，他有些乏了，心想反正也没个去处，不如就在殿外睡一觉好了，就在这时，他突然听见有人在说话，吓得赶紧闪到一边。

时隔两年，纪二不记得当时自己到底身处什么位置，只知道应该是浑天寺的后院，那说话的声音来自院子外，隔着围墙听得不甚真切，于是他悄声走到围墙边，这下声音清楚了一些，那是三个人的声音，三人似乎正在做一件秘密的事。他听见一个人在问："这些猪就是白光变的吗？"

"不要多嘴！"一个严厉的声音制止了他，又听那声音说，"全部捉住！"

刚才发问的人和另一个声音同时遵命。纪二果然听见了几声小猪的嘶叫声和一阵慌忙追逐的响声，他满是好奇，见围墙边有棵垂柳，便爬了上去。借着月光，纪二看见院子外是一片松树林，一个年长的和尚站在树下，另外两个人正手忙脚乱地围堵着白色的小猪，捉住一只就放进一口大瓮里，待几只猪全部放进大瓮，用木盖盖住瓮口，再敷上泥，又贴上一张黄麻纸，拿笔在纸上画些梵字，念了几遍咒语，也许是咒语吧，总之纪二是听不懂的，很快那些小猪就不在瓮中挣扎了，再也听不到它们的叫声。

纪二说，那些猪白得有些不真实，仿佛发着光一样，它们的个头都不大，和普通的猪有一些不同，耳朵很小，嘴尖且长，下巴几乎和脖子是一条弧线，走起路来一颤一颤的，像是巨型的老鼠，不过模样倒不算吓人，总之，这些不是长安本地的猪。两个人在捉猪的时候，纪二还在心里默默数了一下，是七只。

纪二所说的年长的和尚必定是一行无疑了，而另外两个捉猪的人到底是谁呢？从来也没有听谁说过有那么两个人跟随一行捉猪的，所以这条线索也只能姑妄听之。

而关于白色光团的事，长安的一些人也是有印象的，那晚巡逻的金吾卫也可以做证，确实有几团光突然从天而降，煞是诡异，光团也确实是落在浑天寺那个方位，但那跟北斗七星是否有关系，就不得而知了。

还有一件事，也可以给一些人的怀疑补充上一个线索。当年一行与和尚不空、道士罗公远三人，都是玄宗皇帝非常尊重的异士，玄宗曾想向罗公远学习隐身术，被罗公远指责，说如果学会之后，一定会微服隐身进入平常百姓家，那将会带来极大的危害，因此激怒玄宗而离开皇城。几年后，中使在蜀道上见到这位著名的大法师，他希望中使能转达对玄宗的歉意，中使以为是学习隐身术那件事，告诉他皇上早就不计较了。

"是北斗七星的事，皇上曾询问过我，我回答说且由一行来解决吧。"

中使不明白到底是什么意思，罗公远也只是笑笑，没有再说什么。

到底是不是一行设计的骗局呢？有时候事情就是这样，仿佛一直在接近真相，却永远不能到达真相。过去了几十年，连一行大师都已经圆寂，后来天下又经历了那么多的大事，又有谁会真的将这个一直挂念在心呢？

浑天寺（二种）

一

　　小木匠阿园刚满十岁，长得又瘦又高，是跟着阿爷一起来长安建造浑天寺的。他像只小猴子一样坐在大殿的房梁上望着远方。今天是个好天气，长安城街道交错纵横，屋顶有高有低，像一层层黑色的波浪在尽头和蓝天交汇。在那些靠近处的街道上，还能分出人的身形，他们在来回移动、赶路、邂逅，在那些琳琅满目的铺子前流连，围着杂耍的卖艺人喝彩，停下来攀谈，他们也许在谈论着昨天的聚会和眼下的日子，谈论着最近的身体状况。船在水面上缓缓行驶，驴车和牛车沿着大路徐徐前行。再往远处，人渐渐地变成了小黑点，这边一堆，那边星星点点三两个，直到消失在越来越远的视线里。

阿园想，再过几天，要是这些人都来到浑天寺的门口，那该有多壮观呀！

浑天寺的工期快要结束了，等竣工以后，皇上和文武百官也将会来到浑天寺视察，这可是天大的事。皇上这么重视，那全长安的人免不了也要来观瞻，据说宫里的一个总管前前后后来过浑天寺好几趟，和住持一行师父商议接待的事，又据说京兆尹也早早安排了人，为了保证当天的秩序费尽心思。

要说浑天寺，可跟别的寺院不一样，因为它是专门为一行师父修建的。普天之下有谁不知道一行师父，那可是皇上的座上宾。他学贯古今，没有不会的事，光说天文这一项，以前李淳风编的历法好几次预报日食都不准，所以皇上只好让一行师父编写了《大衍历》，为此一行师父还专门造出水运浑天仪，这也是古往今来最精巧、最复杂的浑天仪，还有两个小木人准时准点地敲鼓，可爱极了。日升月落，星烁云遮，哪一件不尽在掌握之中？

除了膜拜和修行，浑天寺当然也有观测天象的使命，气候变化，四季更迭，万物的生长，来年的收成，甚至国家的太平，百姓的安康，可都是跟这有关呢，连"浑天寺"那块匾额都是皇上亲自题写的，想想看，这样的殊荣是大唐任何其他寺院能比得了的吗？

阿园这样想着，就浑身是劲，觉得能参与建造浑天寺真是莫大的荣幸，这里面可有自己出的一份力气！于是举起手中的榔头又叮叮当当地敲打起来，呵，到时候也让皇上和大人们看看，浑天寺有多么雄伟、多么精巧、多么与众不同，皇上一高兴，说不定还有意想不到的赏赐呢！

太阳西沉，浑天寺里也飘荡着斋饭的香气，一天的工作就在这样愉悦的心情中结束了。工友们窸窸窣窣地收拾好工具，各自唱着家乡的歌谣跨出浑天寺的大门，阿园也顺着梯子从房梁上爬下来，他把榔头扛在肩膀上，挺直着腰跟在阿爷的身后往外走，远远地瞧见一行师父一个人坐在院子里。

"一行师父。"他一阵烟地跑过来，放下手中的榔头，双手合十向一行行礼，"一行师父，我们收工了，明天一早再来。"

一行也起身回礼："阿园小施主辛苦。"

"不辛苦！"阿园回答道，又鞠了一躬。

"阿园小施主，"一行想了一下，说，"明天阿园小施主能不能帮我做件事？"

阿园听见一行居然要自己帮忙，不禁喜出望外："当然可以了，一行师父你说，要我做什么？"

"明天早上你叫上阿爷一起来找我，我放你们一天假，去一趟和平坊。"

二

大和尚一行心里很烦闷，阿园的榔头声敲得他的思绪总是连贯不起来，他抬头瞧了一眼阿园，阿园正忙着手中的活计，可没有注意到他。一行只得又低下头，想自己的心思。

一行从前殿想到后殿，又从后殿想到院子，他在院子里走来走去，始终愁眉紧锁，手中的佛珠也不知道捻了多少遍，嘴里想念叨点什么，可最后都化作一次次的叹息。

有一件事，让他愁得想不起浑天寺的建造，也想不起皇上即将到来。

今天早上，早年住在坊间的老邻居王姥来找他，说是儿子犯了事给官府抓了去，想让一行帮忙求个情。一行仔细一问，原来是失手打死了个人，阿弥陀佛，杀人这种事情，叫人怎么帮嘛？

王姥的丈夫去世得早，只有一个名叫永泰的儿子，两个人相依为命。一行还记得永泰小时候的样子，梳着冲天小辫，长得肉嘟嘟的，总是爱笑，一笑起来咯咯咯地停不下来。一行也极喜欢永泰，常常把他抱在怀里，教他识字，同他背诗。他还记得永泰摇头晃脑地背诵《诗经》：投我以木瓜，报之以琼琚。匪报也、永以为好也。投我以木桃，报之以琼瑶，匪报也，永以为好也……

小孩子的声音可真好听，奶声奶气的，咿咿呀呀的，背几句，又咯咯咯地笑起来，笑得前俯后仰，这样的一个小可爱，长大了怎么就杀人了呢？

阿弥陀佛，这叫人怎么帮嘛！

一行长长地叹了口气，干脆寻个台阶坐了下来。地上有一片枯树叶，他捡起来用手指来回拨弄着，心里还在想着这件事。

他想起还没有出家之前的那段时光。他还是个十四五岁的半大孩子，一个人住在城南的安善坊，屋里只有书和简陋的家具，院子种着一棵银杏树，另一棵是枇杷树，葡萄架架了一整面墙，对面的墙沿着墙根种着黄瓜、茄子、毛豆，一条铺着细石子的小路把院子分成两半，小路边摆着一个石槽，睡莲在水中静静绽放。狗贴着石槽趴在地上，他在葡萄架下读书，蝉的声音不知道从哪里传来，一直在耳边叫着，细细的长长的，好像永远不会停止。夏日里昏昏欲睡，院内寂静如太古，除了王姥和她的儿子永泰，再也没有任何人走进自己的生活。

王姥每天收拾完馄饨摊，就带着永泰到一行的院子里坐一会儿，有时带几个蒸饼，有时是几个粽子，如果生意好，还会盛一大碗羊汤来。永泰绕着小院子满场地跑，跑得累了，就在墙根拔一根野草，蹲在小狗的面前用野草在小狗的鼻尖前划来划去，小狗摇摆着尾巴，呜呜地小声叫着。王姥坐在一行的旁边，把一行的一件破旧衣服放在腿上熟练地缝补，她听一行讲话，不时地点头，说："好，很好，你将来一定会有大出息。"

"我也要像哥哥一样读书，有出息。"永泰抬头看着母亲，认真地说。

"那就让我来教永泰读书写字好不好？"一行问。

"好——！"永泰仰起头大声回答，突然向后一个踉跄，一下子坐在地上，就咯咯咯地笑了，小狗被惊着，站起来茫然地看着他。

这样的画面常常浮现在一行的脑海里，他常想，如果没有王姥的接济，自己会变成什么样子呢？食物、钱财，还有人间的善，在还是年轻贫穷孤单的时候，遇到这些是多么大的恩赐。他坐在台阶上想着这对母子，想着自己后来出家，寻访名师高僧，为制定历法到各地测绘，再也没有见过他们，他们是怎么生活的？这些年过得好吗？永泰后来是怎样长大成人的呢？

如果永泰不在了，王姥一个人该怎么继续生活？他想到早上王姥的模样，眼里充满恳求和期待，微微张开的嘴唇不停地颤抖着，泪水在黑瘦的脸庞上顺着皱纹流淌，像河水经过干涸的河床。

三

和平坊在长安城的西南角，坊间靠东边的一段有一处低矮的老宅，老宅的正对面有一洼芦苇荡，几只野鸭在芦苇丛中钻来钻去，忽地，似乎是受到了什么惊吓，急急地扑扇着翅膀拍打水面飞走，留下一长串的涟漪。

老宅的屋后有块不大的菜园，菜园的四周围着篱笆栅栏，也是年久没有人打理，栅栏有好几处都已经破了窟窿，想来平时少不了有野畜做客。原来这里住着一对从陇州来的年轻夫妇，是做小买卖的，几年前，年轻夫妇离开长安，房东一直没把房子租出去，久而久之菜园也就成了荒废的园子。园子一角有一棵两人合抱那么粗的槐树，槐树下，茅草密密麻麻地疯长，风把茅草全都吹得朝着槐树的方向倾倒，已经分不清哪里是小径哪里是菜地。

一行跟阿园和他阿爷说，从中午到黄昏这段时间里，会有几只小猪陆续地跑进这块菜园，小猪们都生得白白净净，很好辨认，让他们提前潜伏在菜园里守着，见一个捉一个，于是他们吃过早饭就从浑天寺赶到这里，等待着小猪们的出现。

"阿爷，是七只，你记住了吗？"阿园警惕地看着周围，提醒阿爷。

"记住了，你看布袋不都在这嘛，喏，七个。"阿园的阿爷扯了扯垫在屁股底下的布袋的一角，给阿园看。

"嗯，一行师父说了，一个也不能少。"

"你先坐下来吧，别总是走来走去的，万一小猪进来被你吓跑了，我们可就捉不住喽。"

"小猪还能跑得过我？你不记得我跑得顶快的吗？连长富哥都跑不过我，他可比我大五岁呢！"

阿园虽然这样说，还是挨着阿爷坐了下来，他背靠着槐树，接过阿爷递来的一个胡饼狠狠地咬了一口，又嘟囔一句："七只小猪，真有意思。"

片刻工夫，胡饼就被阿园吃掉一大半，他一边咀嚼一边想着心事，等把嘴里那块胡饼咽了下去，他问：

"阿爷，你有没有造过比浑天寺更好看的寺院。"

阿爷想了一下，说："没有。"

"那你说，等皇上到了浑天寺，看我们把寺院造得那么气派，会不会很高兴？"

"那当然。"

"我也觉得是，"阿园放下手中的胡饼，歪着头心满意足地想象着，"想起来就高兴，我们居然造了全大唐最气派的寺院。"

"等浑天寺造好了，一行师父安安稳稳地住在里头，观测天象，知道什么时候来风，什么时候下雨，什么时候方便出行，什么时候要躲避风沙和冰雪，我们可以做什么又不能做什么。春天我们把粮食种在地里，到了秋天就有了好收成，等冬天来了，茫茫的白雪把大地都覆盖了，我们坐在家里围着火炉，再温上一壶好酒美滋滋地喝着，轻松愉快地聊着天，感谢老天爷保佑我大唐这一年国泰民安，那是多么幸福的日子。"

"是啊！"阿园似懂非懂地听着，把头倚靠在阿爷的臂弯里，眼睛里含着光。

"阿园，你想想，皇上可是把那么重要的事交给一行师父，建造最气派的浑天寺让他住不是应该的吗？"

"应该！"阿园又咬了一口胡饼，说，"我喜欢一行师父，他虽然有那么大的本事，可说话总是客客气气的，每天都跟我说'阿园小施主辛苦''阿园小施主辛苦'，其实我一点都不辛苦，我也没做什么。"

"阿园做了很多，是个大人了，今天不还要帮一行师父捉小猪嘛。"

"嗯！"阿园点点头，"阿爷，可是我们为什么要捉小猪呢？"

"这个嘛，我也不知道，一行师父让捉，自然有他的道理。"

"一行师父还说了，捉猪的事情谁也不能说，一个字也不能说，阿爷你记住了吗？"阿园再次提醒阿爷。

"记着呢！"

四

七只小猪果然像一行说得那样，真的从傍晚开始挨个钻进和平坊这座废弃的菜园子里，茅草太深，阿园和阿爷看不清它们是从哪里来的，只能顺着哼哼唧唧的声音分辨出它们的行踪。这些小猪也果然像一行说的那样，浑身雪白发亮，它们和普通的猪有一些不同，耳朵很小，嘴尖且长，下巴几乎和脖子是一条弧线，走起路来一颤一颤的，像是巨型的老鼠，不过模样倒不算吓人，总之，这些不是长安本地的猪。

也不知道是因为没睡醒还是别的什么原因，它们钻进菜园子后分辨不出方向，更见不到人，竟都直直地朝着阿园和阿爷的方向来，阿园和阿爷拽着布袋口，没费力气就把它们一一套进布袋，等逮到了第七只，夜色渐深，没有多久月亮就升上来了，长安城里的灯火也逐渐点亮，呼唤孩子们回家吃饭的声音在坊间各个地方陆陆续续地响起，阿园的肚子也咕咕叫了起来。

浑天寺的后面是座山，在山与寺之间有一片松树林，树木参天，皎洁的月光穿过枝叶，让一行仿佛站在一个银色的世界里，他的影子一部分映在地上，一部分覆盖了面前的一个大水瓮。大水瓮是今天早早就准备好了的，阿园和阿爷捉来的七只小猪就被装在这里。一行用木盖盖上瓮口，围着木盖敷上厚厚一层六一泥，又用朱笔写上几十个梵字，念了几遍咒语，这才放心。

"两位施主辛苦，你们请先回吧。"一行双手合十，对父子两人说。

"一行师父，这些小猪跑不掉了吗？"阿园问。

"是的，跑不掉了。"

"这是哪里的猪，怎么长得这么奇怪？"

一行朝阿园笑了笑，又抬眼看了一下夜空，没有回答。

第二天刚蒙蒙亮，几个性急的工友已经早早地聚集在大殿里，个个脸上露出夸张的表情，说到激动处，就用拳头重重地击着手掌，发出惊人的叹气声。大殿里的菩萨们瞪大着眼睛俯首望着众生，仿佛也吃惊不小。慢慢地人越围越多，互相打听着，不一会儿，全都知道昨晚天上的北斗七星不见了。

"自古以来就没有这样的事！"

"这可不是好征兆啊！"

工友们说，太史一早上奏皇上，说昨天晚上没见着北斗七星出现，不知道是什么缘由，请皇上赶紧召一行师父商议。于是皇上就让中使来请一行师父进宫，也不知道现在到底商议得怎么样了，是不是会有什么事要发生。大家议论着北斗七星每晚都会悬挂在夜空，抬眼就能见到，怎么会说不见就不见了呢？难道上天有什么警示吗？

这一天人心惶惶，有的人说今年要不大旱要不大涝，饥荒肯定是免不了的，也有人说没有那么玄乎，说不定今天晚上北斗七星就能出现了呢？到了晚上，北斗七星仍然没有出现，悲观的人唉声叹气，觉得往后的日子就难了，以前听说有过火星消失的事，那一年也发生了大灾难，饿死了好多人。乐观的人说也未必有什么事情，不用想那么多。但是接连好几天，天上的北斗七星像捉迷藏一样，始终不见身影，一行师父在宫里也没有回来，大家这才渐渐统一了想法，觉得肯定会有什么不好的事。

真的要有灾难吗？阿园在夜里仰望着北方的夜空，心里祈祷着，希望一行师父能有什么办法，保佑天下太平，不要真的像大家说的那样。

五

过了几天，一行师父总算回来了。被中使请到宫中那天，有人说看到一行师父面色凝重，回来这天，似乎仍然没在脸上见到一丝轻松的神情，大家心里更沉了。终于有个工友忍不住，拦住一行询问事情到底如何，见有人带了头，其他人立刻蜂拥而上，把一行紧紧围在中间，那场景，好像在院子里突然就开了一朵花，而一行就成了花蕊。

"没事了，诸位施主放心，我大唐自有上天保佑。"一行环视众人，用低沉的声音说。

"北斗七星去哪了？"

"什么时候能再出现？"

七嘴八舌的声音一句高过一句，一行被工友们纠缠得不行，只好跟大家解释，皇上已经下诏大赦天下，释放囚犯，收葬枯骨，用大恩德感化上苍，自然能消灾除祸。皇上的旨意今天已经传达到全国各地，囚犯们走出了牢狱，荒野里的枯骨也被装进陶罐并且埋葬，北斗七星今晚就将重新归位，继续为大唐百姓指引方向，这几天自己也观测了天象，今年仍是个丰年，我们会像往年一样太平安康。

大家悬着的心终于放下。一行又请大家继续好好工作，浑天寺将如期竣工，皇上也会如期到来。于是人们纷纷散去，为浑天寺的建造再加最后一把劲儿。

晚上，北斗七星中的一颗果然出现在夜空，像是一个突然离家的孩子，有一天又拎着鞋赤脚重新站在门口，让人激动不已又感到柔软、踏实，一切又回到原先的样子。所有人都在赞美皇上的圣明，念着一行师父神奇，大唐真是好福气啊。

阿园依偎在阿爷的怀里，顺着阿爷手指的方向，见到那一颗悬挂在北方的星星，熠熠生辉，阿爷说，它叫玉衡，是七星中最亮的一颗。

"阿爷，还有六颗星星也会重新回去的，对不对？"阿园问。

"一行师父说能归位，那一定能归位。"

"一行师父可真厉害，什么事都难不倒，怪不得皇上那么信任他。"

"是啊。"阿爷把阿园紧紧地搂在怀里，用下颚在阿园的脸上轻轻地摩擦着，"可真厉害。"

"等浑天寺造好了，我们也要走了，以后不知道还能不能再见着一行师父，可真舍不得呀。"阿园想到一件事，有些惆怅起来。

"要是想见，那以后还是可以见的呀。"阿爷安慰说。

"那也不知道什么时候，我听长富哥说，等浑天寺造好以后，我们就要离开长安，去别的地方做工。等我以后再来浑天寺，说不定一行师父都不认识我了。"

"不会的，一行师父一定认识你。他连天上的事都能解决，怎么会连你都记不住呢？"

"阿爷你说，要是我跟一行师父修行会怎么样？我可以跟他学很多东西，等我长大了，会不会也像他那样厉害？"

"那可要在浑天寺做和尚喽。"

"做和尚，如果像一行师父那样不是也很好吗？"

"我可舍不得阿园当和尚呢。"

"嗯……我也舍不得阿爷，那我就不当和尚了。"

两人这样说着话，虫子在窗外轻轻吟唱，风沙沙抚过草丛，一朵云悄悄地移到月亮的面前，遮住了光辉，玉衡仍然孤零零地悬在远方，阿园打了几个哈欠，就在阿爷的怀里睡着了。

六

一只小猪顶开木盖，纵身一跃跳了大瓮，接着又是一只、两只……六七只小猪从大瓮里鱼贯而出，在树林里四处散开。阿弥陀佛，一行惊慌失措，拔腿就追，可是小猪们跑得太快了，转眼间就消失在树林里。一行朝着一只小猪逃跑的方向跌跌撞撞地追着，不想一头撞到某个人的怀里，他抬眼一看，皇上正怒气冲冲地瞪着自己。

"一行，为什么要骗朕？！"

"啊……这……"一行的脸涨得通红，正不知道该如何回答，又听见一阵呼救声，永泰被两个刽子手架住胳膊往树林深处走去，双腿在地上拖出两道长长的痕迹。

"一行哥哥救我——！"永泰撕心裂肺的呼喊在树林里回荡。

"一行老秃驴，我们也要把你关进大瓮里！"一行还来不及反应，七只小猪突然又出现在他的面前，木盖在他的头顶像座大山一样压下来，让他立即陷入了无底的深渊，他看见烈火、刀斧、通红的烙铁、狰狞的笑脸、许许多多衣衫褴褛的人影……他在深渊中一直下坠、下坠，像是经历了数也数不清的日子，终于才从梦中惊醒，他坐起身来喘着气，过了很久才平复下来。

那七只小猪就是北斗七星，一行施了法让它们坠落长安城的和平坊，让阿园父子捉来藏在浑天寺后面的松树林里。那天夜里，天空因为失去七星的踪影而暗淡无光，异样的天象当然逃不过太史的监测，不出所料，中使一大早就来敲开浑天寺的大门，请一行进宫。

一切尽在计划中，只要向皇上陈述七星消失的利害，让皇上做出决策大赦天下，永泰就得救了，事实也的确如此，皇上向来都会采纳自己的建议的。

可是，这样做对吗？用自己擅长的事骗取信任，而用这种手段居然是为了帮助一个杀人的人！怎么样才能弥补自己的罪过？或者永远也弥补不了？

那天王姥来求救的时候，本来是可以拒绝的，也的确说了拒绝的话，可是为什么还是要帮忙呢？

可是能不帮忙吗？

一行在黑夜里反反复复想着这几天发生的事，终究没在心里找到答案。他颓丧地坐着，屋外的光亮一点点地在天空中晕开，东方发白，鸟在树枝间和房顶上跳跃、玩闹，啾啾吟唱，那么欢快，没有心思，又一个要送北斗回家的一天开始了。

七

天还没亮，阿园就起了床，吃过早饭就急急赶到浑天寺。再过两天浑天寺就要竣工，皇上和大人们很快就会到来，也就是说，他们留在浑天寺的日子也接近尾声。

这是阿园第一次出远门，来的时候他还有些怯生生的，可他很懂事，手也很巧，对那些木匠活儿一点就通，很快就成了一个好学徒，也成了所有人喜欢的乖巧的孩子。这一年的时间，阿园看着浑天寺大殿的柱子拔地而起，看到木梁架上房顶，墙壁粉刷洁白又被画上五彩的壁画，看到菩萨各就其位，师父们在日落前的大殿里诵经，风铃在风中摇曳，叮当作响……

很快，就要和这些告别了。阿园在头天夜里想了一肚子的话，要和一行师父说。他在寺院里寻找着一行，钟楼、客堂、斋堂、大雄宝殿、藏经楼，他一路找着，想起在浑天寺的许多日子，想起吃过的那些斋饭，想起师父们教过的那些字，想起总是懒洋洋地趴在僧舍门口的那只猫，他一路想着，心里想说的话越装越满。

可浑天寺里并没有一行师父的身影，嗯，也许是又被谁叫走了，他那么厉害，肯定有很多人要找他。阿园在寺里寻不见一行，也不知道该去哪里才好，只能继续游荡，竟不知不觉走到后院。几天前，一行师父带着他和阿爷就是经过后院去往寺院后面的松树林的，那七只装在大水瓮里的小猪也不知道现在怎么样了。他推开后门，沿着一条被脚踩出来的小径往前走，往山的方向走那么一小会，路边有一棵最粗的松树，绕过那棵松树往右手边转，然后再走上十几步，就是放大水瓮的平地。尽管那天是夜里跟着一行师父来的，可他记得清清楚楚。

他想，不如跟小猪们也告个别吧。

一行站在平地上的大水瓮前，双手合十深深地鞠了一躬。他看上去有些憔悴，语调里也透着悲切："让各位小仙遭受委屈，请千万不要怪罪啊。

"王姥对我有恩，如果不帮王姥解救永泰，老和尚我实在于心不忍，所以才出此下策，捉各位小仙下凡，让皇上和所有人都以为七星真的消失了。

"皇上被我的谎言蒙蔽，才释放了永泰，而我只能让这个谎言一直保持下去，真是罪过啊！

"永泰虽然犯了错，可据我了解，他心肠并不坏，等这件事过去以后，我会为他剃度，留在我的身边和我一起赎罪，希望能用余生来弥补我们两个做错的事。

"还请没有回家的小仙再忍耐些时日，就这两天我会让大家全部团聚，等小仙们重新归位后，也请继续为我大唐指引光明，保佑一方平安，如果有怪罪，就怪罪在我一个人身上吧，千万不要为难大唐的子民。"

一行一边说着，一边揭开贴在大瓮上的梵文咒语，伸手从瓮中捉出一只小猪，又把大瓮盖上。那只小猪被放在地上，对着一行哼哼几声，飞速奔向树林深处，过了片刻，一道白光从远处的地面冲上了天空。

一行望着那道白光，一直见其升到遥远的天空，越来越远，直到消失。

"罪过，罪过！"他仰头望着天空，双手合十，很久都保持这个姿势，像是在祈祷，又像在是忏悔。

八

建造浑天寺，不是为了观测天象吗？为什么要把北斗七星藏起来呢？阿园想不明白。他一个人从松树林里回来，情绪低落，在一个无人的角落里坐了很久，直到午膳时间到了，阿爷找遍浑天寺才找到他。

那几天阿园总是闷闷不乐的，可所有人都因为浑天寺的竣工而满心欢喜，谁也没有注意到阿园的变化。

皇上要来浑天寺的前一天，北斗七星终于全都出现在天空上，漆黑的夜空里它们像一柄勺子一样倒悬着。晚上工头把阿爷还有所有工友都叫了去，大家在一起喝了很多酒，直到半夜才摇摇晃晃地回来。

阿爷的脸红彤彤的，笑容没有从脸上离开过，他跟阿园说了很多话，说到了浑天寺，说到了一行师父，也说到了明天要来的皇上，这是在浑天寺一年来大家最开心的一天，好像喝多少酒说多少话也不够似的，阿园看着阿爷一直笑着，说着，开始是跟阿园说话，然后变成了喃喃自语，后来他仰身躺在床上，过了一会儿就响起了鼾声。

阿园给阿爷盖上被子，一个人走出屋外，北斗七星仍然停在空中，好像从来没有离开过。现在阿园已经能认出它们每一个了，他望着这七颗星星，它们是那么遥远，又那么明亮，真的就是自己和阿爷捉过的那七只小猪吗？如果早知道，也许可以多看它们一会儿，分辨出它们每一个的模样，或者好好地抚摸一下，告诉它们自己的名字。也许可以跟它们说，他叫阿园，他已经是个大人了，可以帮阿爷做很多事。明天，等皇上到浑天寺视察以后，他就要和阿爷离开长安了，还有一个寺院等着他们建造呢，等到了新的地方，北斗七星还会像今晚一样挂在天上吗？它们在天上能认出自己吗？

哦，明天。

明天皇上就要来了。北斗七星重新回到天上，我们又把浑天寺建造得那么壮观，让一行师父安安稳稳地住在这里观测天象，保佑我大唐风调雨顺，每一个人都过着幸福的日子，皇上一定很开心吧？可是，皇上还不知道一行师父骗了他。一行师父是那么好的人，为什么也要骗人呢？

后　记

　　这些故事都取自段成式的《酉阳杂俎》，稍为添油加醋了一下。

　　原以为这事很好干，数十卷的皇皇巨著，成百上千的故事，我不过是选其中几个按自己的方法重新讲述一遍而已。但真到了着手写的时候，才发现这个想法是多么的狂妄无知。从第一本书交稿到开始写这一本，中间的三四年里我从来没有写过一篇文章，事实上我一直在努力远离写作，希望一辈子都不跟文字打交道，所以根本不知道如何下笔，更谈不上什么"自己的方法"了。

　　不写，又没有太多天分，自然非常吃力。有时候铆足劲写完一整篇，回头再审视，无论如何都不能满意，只能作废。有时候总觉得前方有路，却怎么走也走不通，又只好作罢。这样摸索着，终于还是找到一点感觉，那就是要老老实实讲故事：从前，在某个地方，有一个人遇到了一件事……我想从人类开始讲故事起，在过去的无数个时刻，总有许多人会以这样的方式开始。

现在换作我来讲，我能在这样的方式下讲一点什么呢？我不是段成式那样百科全书式的人物，不能呈现一个千姿百态的世界，只能写一点日常。

我相信我是在写日常，写一些普通的人，他们是烧炭的工人、商人的女儿、孤独的裱画匠、寻找高手的书生，不管是变成老虎、鼻子里躲着乐神，还是突然有了什么神奇的功能，他们只是遇到一点问题，然后度过了一段没有预料的时光。最终他们还是他们，生活还是那样的生活。

我自己的生活平庸无聊、鸡毛蒜皮，当然写不了波澜壮阔和百转千回，也不喜欢，我喜欢和我一样普通的人。普通的人在面对问题时，会有各种各样的回应，而我不知道是什么原因，在写的过程中，常常会想起曾经一些无奈和挫折的情绪，我记住这些情绪，把它们送给这个人物，可又忍不住揶揄，因为心里又有另一种声音，那就是"这又算得了什么呢？"

于是他们的故事就按现在的样子发生了，至于想要确切表达什么，我说不清楚。也许小说本来就是稗史，记录一点闾巷旧闻，作不得数，又在不断地转述中筛选加工，变得似是而非或者面目全非。也许以讹传讹正是故事本身的魅力，一个人明明只在山上捉得一只兔子，最后流传成徒手擒获老虎，到了我这里，总得努力让老虎再多长几条腿才好，这是我希望做的事。

所以，这本书的十个故事虽然都来自《酉阳杂俎》，却早已经被我涂抹得失去本来的面目，我不知道这样的改编好不好，但经典屹立在那，并不会因为我的胡来而失色半分，我想段成式应该也不会介意。

我有一点点奢望，想把王小波、芥川和尤瑟纳尔当作榜样，正是因为有《夜行记》《舅舅情人》《地狱变》《王佛脱险记》这些熠熠生辉的故事，好像一直在指引我说，你要不要试试看？

王小波、芥川和尤瑟纳尔算不上最一流的小说家，如果所有优秀的作者都在攀登珠穆朗玛峰，只能让人仰望，那我绝不会有写作的念头。他们不在珠峰，却带我领略了不同的风景，我想爬像他们爬过的山，尽管在半山腰我就要告诉他们，我尽力了，只能到这里了，可这种过程真是又艰难又满足。

图书在版编目（CIP）数据

唐人变形记 / 叶行一著 . —— 广州 : 广东人民出版
社 , 2025. 1. —— ISBN 978-7-218-18076-2

Ⅰ . I247.7

中国国家版本馆 CIP 数据核字第 2024T6L085 号

TANGREN BIANXING JI

唐人变形记

叶行一　著

出 版 人：肖风华

责任编辑：李　鹏　刘志凌
特约编辑：章　石
责任校对：李伟为
装帧设计：山川制本 workshop
责任技编：吴彦斌
封面插画：王晓晗
营销编辑：云　子　常同同　小　飞

出版发行：广东人民出版社
地　　址：广州市越秀区大沙头四马路 10 号（邮政编码：510199）
电　　话：（020）85716809（总编室）
传　　真：（020）83289585
网　　址：http://www.gdpph.com
印　　刷：广东信源文化科技有限公司
开　　本：787mm×1092mm　1/32
印　　张：7　**字　数**：102 千
版　　次：2025 年 1 月第 1 版
印　　次：2025 年 1 月第 1 次印刷
定　　价：52.00 元

如发现印装质量问题，影响阅读，请与出版社（020-85716849）联系调换。
售书热线：020-87716172